Oetinger

Catherine Fisher wurde in Newport/Wales geboren und arbeitete als Lehrerin und Archäologin, bevor sie begann fantastische Romane zu schreiben. Für ihre Kinder- und Jugendbücher wurde sie mehrfach ausgezeichnet, u. a. mit dem walisischen Bücherpreis »Tir Na n'Og«. Bei Oetinger ist von Catherine Fisher neben *Die Macht des Amuletts* auch *Das Geheimnis von Darkwater Hall* erschienen.

Catherine Fisher

Die Macht des Amuletts

Deutsch von Irmela Brender

Verlag Friedrich Oetinger · Hamburg

Die englische Originalausgabe erschien bei Hodder Children's Book,
London, unter dem Titel »The Lammas Field«
Deutsch von Irmela Brender
Einband von Dieter Wiesmüller
Satz: Dörlemann GmbH, Lemförde
Druck und Bindung: GGP Media, Pößneck
Printed in Germany 2003
ISBN 3-7891-3512-7

www.oetinger.de

TEIL EINS

Der silberne Zweig

EINS

Ihr Rock war aus Seide, grün wie das Gras,
Ihr Mantel aus Samt, weich und fein,
Ihr Pferd trug in seiner Mähne den Schmuck:
Fünfzig Silberglocken und neun.

Überliefert

Mick öffnete den Kasten.

Die Flöte lag zerlegt und mit Fingerabdrücken verschmiert in den blauen Samtrillen.

Er nahm das Mundstück heraus, hauchte darauf und rieb es ärgerlich mit dem gelben Staubtuch, das er in der Schublade aufbewahrte. Nach einer Weile glänzte das Silber; er sah sein Spiegelbild darin, ein scheußlich in die Länge gezogenes Koboldgesicht. Das Metall wurde warm, als würde es lebendig und ein Teil von ihm; hastig setzte er die Teile zusammen, bis die Flöte ganz und glänzend war. Es blieb ihm noch mindestens eine Stunde. Er würde sie nutzen, dachte er grimmig.

Zuerst spielte er Tonleitern und füllte den staubigen Speicher mit ihrem Auf und Ab. Die Flöte wurde heiß von seinem Atem und seiner Wut; er ging zu losen Tonfolgen und Melodiefetzen über und dann, weil der Streit von vorhin nicht aus dem Kopf ging, in eine wilde, heftige Gigue mit so vielen zusätzlichen Tönen, wie er nur unterbringen konnte. Im Speicher war es schwül von dem langen Julitag, alle Fenster standen offen, und als Mick *Star of the County Down*

spielte, startete unten dröhnend der Aufsitzmäher. Tom fuhr damit heim zu seinem Häuschen. Das machte er immer, wenn Micks Vater ihn nicht sah.
Mick brach ab und beugte sich aus dem Fenster. »Was krieg ich, wenn ich es ihm nicht erzähle?«, rief er.
Der Alte schaute hinauf und grinste. »Das Gleiche könnte ich zu dir sagen! Ihr habt euch wieder gestritten, stimmt's?«
Mick verzog das Gesicht. Dann fragte er: »Ist schon jemand auf dem Feld?«
»Meinst du Katie?«
»Irgendjemand.«
»Ein paar Wohnwagen.« Der Alte drehte sich um. »Morgen kommen die meisten angerollt. Gute Nacht, Freund.« Er gab Gas; der Krach ließ alle Dohlen in den Ulmen wütend auffliegen und krächzen.
»Gute Nacht«, murmelte Mick vor sich hin.
Während er am Fenster lehnte und den Traktor über die lange Kiesauffahrt davonkriechen sah, kehrte die Stille langsam zurück wie ein ängstliches Kätzchen. Sie machte ihm deutlich, wie völlig allein er hier war. Überall in den Speichern des großen Hauses, den Mansarden und Dienstbotenkammern und Treppenhäusern, in den Fluchten von Schlafzimmern und Prunkräumen unten, im blauen Gemach und dem Eichenkabinett, in Lady Marys Zimmer, im französischen Salon war es dunkel und ruhig bei geschlossenen Fensterläden, genau wie unten in den großen verstaubten Küchen und den Kellern mit Fässern und Spinnen. Im Souvenirladen würde es unheimlich still sein, in der Teestube würden sich nur die trocknenden Geschirrtücher im warmen Luftzug bewegen. Auch draußen lagen die Gartenanlagen still im Halbdunkel, ihre Statuen glichen Geistern und ihre Blumenbeete Massen duftenden Schattens.

Stokesey Hall war ein schlafendes Haus, und nur er hier oben an diesem einen hellen Fenster, in das die Leselampe die Motten lockte, war darin lebendig.
Er war jetzt ruhiger. Die Flöte wurde kalt.
Er holte die Noten heraus und fing an ernsthaft zu üben; zuerst den Mozart, obwohl er noch zu schwer für ihn war. Mick verhunzte das Stück immer wieder, bis er so unzufrieden mit sich war, dass er die Noten wegschleuderte. Dann holte er tief Luft und machte weiter. Die Stücke für seinen wöchentlichen Unterricht, den Satz, den sie im Orchester spielten, und endlich erleichtert das, was er am meisten liebte: die Folksongs und die Reels, die schottischen Volkstänze. Das waren die Stücke, die er spielen konnte und bei denen seine Finger jetzt schnell und warm und geschmeidig waren. Die meisten kannte er auswendig und sie machten ihn unruhig. Es waren wilde, tanzende Wirbel, und während er sie spielte, ging er von Speicher zu Speicher, an aufgestapelten Kisten entlang, durch Korridore ins Kinderzimmer mit dem kaputten Schaukelpferd, wo er sich auf den Sattel stützte und in die langsamen, kummervollen Töne eines Klagelieds hinüberglitt. Er hatte es sich ausgedacht und es hatte noch keinen Namen, es war vor allem traurig. Tieftraurig.
Seine eigenen heftigen Worte fielen ihm wieder ein. Er verdrängte sie ungestüm und legte alles in die Musik, seinen ganzen Ehrgeiz, seinen brennenden Wunsch. Er würde sich für die Musik entscheiden, egal was sein Vater sagte, er würde Berufsmusiker und noch dazu berühmt werden. Einen Moment lang erlaubte er sich, von Auftritten und CDs und tollen Sessions in Hightechstudios zu träumen. Die Flötentöne wurden länger, trauriger. Er könnte es schaffen. Er würde es schaffen. Er musste nur üben, besser werden.

Mehr als das, dachte er entschlossen. Der Beste sein. Der Beste, den es je gab.
Plötzlich brach er ab und schaute auf die Uhr. Halb elf. Jetzt würden sie aufhören. Sein Vater würde die letzte Vorhand übers Netz schmettern und Sandy würde sie verfehlen und lachen. Beim Badminton war sie hoffnungslos, aber sie lachte trotzdem. Das Baby würde in der Ecke liegen und in seiner Tragetasche schlafen. Mick fragte sich, ob noch jemand ein Baby mit ins Sportzentrum nahm. Immerhin war das besser, als wenn er sich um die Kleine kümmern musste. Sandy wollte sie immer in der Nähe haben, das war natürlich. Aber sein Vater war genauso von ihr besessen.
Er spielte ein leises Ais und einen G-Triller.
Dann setzte er die Flöte ab und horchte.
Weit entfernt, gerade hörbar war da ein dumpfes Schlagen. Langsam wurde ihm das Geräusch bewusst, als hätte er es schon lange vernommen. Es klopfte rhythmisch wie sein Herz, aber weit weg, sehr weit weg. Nicht im Haus, sondern draußen, stellte er fest. Er rutschte vom gefleckten Schaukelpferd, ließ es wippen und ging ans Fenster.
Von diesem Flügel aus sah man hinunter auf den Ostrasen; dahinter standen die Bäume als dunkler Rand in der Dämmerung. Der Mond hing darüber und Hunderte Motten schwebten in der Luft. Als Mick den Kopf hinausstreckte, streiften und knisterten sie um das erleuchtete Fenster, hinter dem die Lampe brannte, es lag vier Räume weiter.
Das ferne Geräusch kam von einem Pferd.
Es galoppierte schnell; er konnte es noch nicht sehen, nur hören, als käme es von unglaublich weit her und brauchte eine Ewigkeit, um anzukommen – nicht über den Kies, sondern übers Gras, obwohl der große Rasen leer in der Nacht lag.

Eine Eule rief aus dem Wald. Der Hufschlag wurde lauter; sein Rhythmus war im Boden und in Micks Kopf und jetzt vibrierten sogar die Spinnweben am Fenster mit dem tiefen Pochen oder mit dem Hämmern seines Herzens in der Stille. Und plötzlich, zwischen einem Schlag und dem nächsten, sah er es kommen, als würde es aus dem Nichts auftauchen, es näherte sich über die Oberfläche des Sees und weiter übers dunkle Gras. Ein weißes Pferd, das im Mondschein glänzte, als wäre es nass. Winzige silberne Glocken hingen an seinem Geschirr. Mick hörte sie in der warmen Luft klingen und selbst von hier aus sah er, dass jemand auf dem Pferderücken saß, in heller Kleidung, die um Gesicht und Schultern wirbelte.

Schnell duckte er sich unters Sims. Ein Schauer überlief ihn, alle Haare auf den Handrücken sträubten sich.

Pferd und Reiter kamen über den Rasen, bis sie unter dem Fenster im Schatten standen.

»Mick.«

Die Stimme war zart, ein leiser Ruf.

»Mick!«

Zuerst dachte er, es sei Katie, die einen Tag früher gekommen war; aber es war nicht ihre, es war eine ältere Stimme, die ihm merkwürdig vertraut vorkam, obwohl er sie bestimmt nie zuvor gehört hatte.

Die Flöte in seiner Hand zitterte, als würde er erschauern.

»Komm herunter, Mick. Ich warte auf dich.«

Mit großer Anstrengung stand er auf und packte den glatten Holzrahmen. »Wer sind Sie?«, flüsterte er.

Das Pferd bewegte sich mit klimpernden Glöckchen. Weit entfernt bellte ein Hund auf dem Wohnwagenplatz.

»Komm herunter. Ich warte auf dich im Sommerhaus.«

Er stand da und sah zu, wie sie das Pferd wendete und es

langsam im Mondlicht über den Rasen voller Motten führte. Er war erstaunt und verwirrt und doch nicht ängstlich. Er merkte, dass er vor Erregung zitterte, als würde etwas Großartiges geschehen. Da drehte er sich um und lief aus dem Zimmer, warf die Flöte zu den Noten, raste die Dienstbotentreppe und die große Treppe hinunter und rannte durch den Küchenkorridor zur Hintertür. Er entriegelte sie, schlüpfte hinaus, eilte über den gepflasterten Hof und bog ab zum Rasen, einem weichen Dunkel unter seinen Füßen.

Die Nacht war warm und roch nach Sommer. In den Beeten unter den Fenstern schickten Phlox und Lavendel Duftwolken in die Luft.

Mick rannte den kleinen Hang hinauf und da stand das Sommerhaus, eine kleine, geisterhafte Pagode. Das Pferd weidete davor im gemähten Gras und zog die Zügel hinter sich her.

Im Vorbeilaufen streckte Mick die Hand aus und berührte die weiße Flanke. Das Pferd schnaubte und sah ihn mit einem Auge an. Es schwitzte. Es war eine lange Strecke galoppiert.

Die Frau saß drinnen auf der Bank und hatte die Füße übereinander geschlagen. Es war dämmrig hier und er blieb unsicher am Eingang stehen.

Ihr Alter ließ sich schwer schätzen. Älter als Sandy, dachte er. Dreißig? Sie hatte kurz geschnittenes, dunkles und glänzendes Haar. Das helle Kleid wirkte grün, aber es veränderte sich und verschwamm im Schatten wie Blätter um Mitternacht. Sie trug baumelnde Mondohrringe, die funkelten.

»Tut mir Leid«, murmelte Mick. »Ich kenne Sie nicht.«

»Oh doch.« Sie hielt etwas in den Händen auf ihrem Schoß, das sie unablässig hin und her drehte, einen Zweig mit silbrigen Blättern. Mit strahlenden Augen schaute sie auf. »Du hast mich hergerufen.«

Verwirrt schüttelte er den Kopf. »Sicher wollen Sie zu meinem Vater. Wir haben den gleichen Namen. Er ist der Gutsverwalter.«

»Nicht er. Du, Mick.« Sie lächelte ihm jetzt wehmütig zu, drehte sich zur Seite, schwang die Füße auf die Bank und umfasste die Knie über dem langen Kleid. »Ich habe dich dort oben im Speicher spielen gehört. Es klang seltsam, wie es über die Rasen und Bäume, über den See schwebte. Deshalb bin ich gekommen. Verstehst du das?«

Hinter ihm fraß das Pferd mit winzigen reißenden Bissen am Gras.

»Nein ...«

»Es war gut, aber es könnte besser sein. Ich fand, dass du Hilfe brauchst. Eine Unterrichtsstunde in der Woche ist nicht viel, stimmt's?«

Er starrte sie an. »Woher wissen Sie das?«

»Ich weiß es.« Sie stand auf, groß war sie, und der Zweig klirrte. »Deshalb bin ich gekommen. Um zu helfen.«

Er schüttelte den Kopf. »Sind Sie zum Jahrmarkt gekommen? Zum Erntefestjahrmarkt?«

»Auch das.«

»Sind Sie Musikerin?«

»Nicht unbedingt.«

Stirnrunzelnd schaute er sie an, und die silbernen Blätter und Früchte bewegten sich in einem langen, verlockenden Glockenklang.

»Was ist das?«, fragte er fasziniert.

»Das?« Sie lächelte, als hätte sie auf diese Frage gewartet. »Das habe ich dir mitgebracht.« Dann schüttelte sie den Zweig sachte.

Die Musik kam und erreichte ihn wie ein scharfer Schmerz. Ihre Schönheit war atemberaubend; ein Raffinement von Tönen, die erklangen und nur einen Augenblick zu klingen schienen, doch als sie verstummt waren, fror er und der Mond war über den Himmel gezogen und die Frau und ihr Pferd waren verschwunden, als ob sie nie da gewesen wären.
Erstaunt starrte Mick die leere Bank an.
Nach einer Weile ging er hinein, setzte sich darauf und tastete nach Wärme, doch da war nichts. Und das Gras wirkte unberührt, ohne Hufspuren.
Er schaute auf die Uhr. Es war dreiundzwanzig Uhr dreißig.
Mit jähem Schreck hörte er den Wagen, sprang auf und sah, wie das Auto zügig die Einfahrt herauffuhr, hielt und die Innenbeleuchtung anging. Da waren sie, sein Vater, der sich nach hinten zur Tragetasche beugte, und Sandy, lachend in ihrem Sweatshirt mit den Schlägern, alle erleuchtet und eine Sekunde lang vom Glasgehäuse des Wagens umschlossen.
Die Fahrertür wurde geöffnet.
Mick stand auf. Im Schatten rannte er zurück zum Haus.

ZWEI

Conle fragte: »Woher bist du gekommen, Frau?«
Die Frau antwortete:
»Ich bin aus dem Land der Lebenden gekommen.«
AUS: ADVENTURES OF CONLE

»Das ist der güldene Saal.«
Er öffnete die Türen und ging hinein. Aus der Besuchergruppe hinter ihm war das erstaunte Gemurmel zu hören, das er erwartet hatte. Die goldene Pracht des Saals war immer eine Überraschung, sogar für ihn; alles war golden, goldene Simse und Girlanden und Zierleisten, der große prunkvolle Kamin, goldumrahmte Paneele mit Bildern von Göttern und Satyrn.
»Wenn Sie hochschauen«, sagte er und grinste, als alle Köpfe gleichzeitig zurückgelegt wurden, »sehen Sie die berühmte Decke. Sie wurde 1688 von einem unbekannten Künstler gemalt und zeigt den Sonnengott Apollo, Schutzherr der Musik und der Dichtkunst, umgeben von den neun Musen auf dem Parnass.«
Mit gereckten Hälsen starrten die Besucher auf das süßliche Gemälde mit seinen Wolken und Frauen in fließenden Gewändern und verführerischen Posen, und gerade da kam die Sonne heraus. Sofort fing der goldene Saal Feuer. An der Decke räkelte sich Apollo in strahlendem Glanz und zupfte an seiner Harfe. Er schien auf Mick herunterzuschauen und zu lächeln.

Musik rieselte durch den Saal. Einen Moment lang glaubte Mick, die gemalten Finger hätten sich bewegt, doch dann sah er durchs Fenster ein Pferd und einen Wagen die Allee herauffahren. Das farbenfrohe Vehikel war mit Zigeunermotiven bemalt, Martin Frobisher kutschierte und sein Sohn neben ihm hatte die Fiedel am Kinn und stimmte jetzt einen fröhlichen Reel an.

Die Besucher hatten die Decke vergessen und gafften.

»Zigeuner?«, fragte eine Frau verblüfft.

»Musiker, die zum Folkfestival kommen. Zum großen Lammasjahrmarkt.« Mick ging hinüber und öffnete den Fensterflügel. »Martin!«

Er winkte und der große Mann winkte zurück. »Wie geht's, Junge?«

»Gut. Gut. Bis später.«

Der Wagen schaukelte und holperte über den Kies. Mick sah die Kochtöpfe, die an den Haken darunter klapperten. Dann wandte er sich wieder der Gruppe zu, die bereits zur Tür drängte. »Und wenn Sie mir jetzt bitte folgen, gehen wir ins Erdgeschoss.«

Als die Führung vorbei war, ließ er die Gruppe im Souvenirladen zurück zwischen den süß duftenden Seifen und Marmeladen und Geschirrtüchern, auf die *Stokesey Hall* gedruckt war. Mary an der Kasse beugte sich vor. »Dein Dad sagt, du sollst zum Mittagessen kommen.«

»Wie wäre es mit einem Eis für einen hart arbeitenden Führer?«

Sie schüttelte spöttisch den Kopf. »Na schön. Aber sag es nicht weiter.«

Mick nahm ein Eis aus der Gefriertruhe und knackte im Hinausgehen den dünnen kalten Schokoladeüberzug. Der Tag war schon heiß, der Himmel blau und wolkenlos. Die

Sonne brannte ihm auf den Nacken, während er zwischen den dichten Hecken des Eibenwegs in den Zederngarten schlenderte, wo die Besucher zwischen Lupinen- und Phloxbeeten beim Picknick saßen. Wespen flitzten in die Mauerritzen. Ein kleiner Junge hatte einen Wutanfall unter dem Bogengang zum Labyrinth, doch seine Eltern waren in die Landkarte vertieft und beachteten ihn nicht.

Mick aß langsam sein Eis, leckte den Holzstiel ab und warf ihn in einen Abfallbehälter. Die Sonne tat gut nach der Kühle in den großen Räumen; es war, als würde sie direkt in ihn hineindringen und ihn mit ihren Strahlen neu beleben. Er knöpfte den Kragen auf und lockerte die Krawatte. Die Führungen waren für ihn ein Kinderspiel – er kannte seinen Text auswendig –, aber er hasste es, dass er sich dazu anziehen musste wie in der Schule.

Und dann fiel ihm mit einem Mal die Frau im Sommerhaus ein. Den ganzen Morgen hatte er sich dagegen gewehrt, an sie zu denken, sich zu fragen, ob sie überhaupt wirklich gewesen war. Doch das Glockenspiel dieses Zweigs hatte er nicht verdrängt. Bestimmt hatte es die ganze Nacht durch seine Träume geklungen, ein einzelner reiner Akkord, gerade noch zu hören. Fast glaubte er jetzt das Echo aufzufangen hinter der Brise und den Wespen und den Stimmen der Leute und dem Geknatter von der Hauptbühne, wo sie das Lautsprechersystem ausprobierten. Wer war die Frau? Und was meinte sie damit, dass er sie gerufen habe?

Plötzlich rannte er durch den Lavendelweg und ein kleines Seitentor mit der Aufschrift PRIVAT. Im Haus lief er die drei Absätze der Dienstbotentreppe hinauf, durch den Korridor und in sein Zimmer mit dem einzigen riesigen runden Fenster.

Er zog Hemd und Krawatte aus und durchwühlte die Schub-

lade nach seinem schmuddeligsten T-Shirt, dem rot-violetten. Er zog Jeans an und ging dann durch die Küche ihrer Wohnung, wo Sandy saß und dem Baby ein Fläschchen gab. Sie lächelte ihm zu. »Im Herd. Schaffst du es?«
Vorsichtig holte er die heiße Schüssel mit einem Tuch heraus.
»Nimm dir Salat dazu. Oh, du Schmutzfink!« Mit dem Finger wischte sie das Milchbächlein von Annas Kinn.
»Igitt«, sagte Mick.
»So warst du auch mal.«
»Nie.« Er häufte sich Tomaten auf den Teller.
»Wie war der Vormittag? Hast du Trinkgeld bekommen?«
»Einen Fünfer von einem pensionierten Obersttyp. Ein paar Pfund von alten Damen.«
Sie kicherte. »Die alten Damen sind bestimmt entzückt von dir. Aber dein Vater muss dir auch was zahlen, lass ihn das nicht vergessen.«
Er runzelte die Stirn und aß, damit er nicht antworten musste. Er bekam kein Geld. Für die Führungen erhielt er seinen Flötenunterricht. Das wusste sie nicht – sie hätte sich über seinen Vater geärgert, aber er war zu verstockt, um ihr das zu sagen.
Das Baby gurgelte und spuckte. Sandy klopfte ihm auf den Rücken. »Und was machst du heute Nachmittag?«
»Ich helfe beim Jahrmarkt.«
Sie lachte. »Klar! Ich freue mich auf diesen berühmten Jahrmarkt. Wahrscheinlich kennst du alle Musiker, wenn sie jedes Jahr kommen – sie müssen inzwischen alte Freunde sein.«
Er nickte und schluckte. »Ein paar davon. Die Frobishers sind hier, alle irischen Bands, Tam Jones der Dudelsackpfeifer und die Tänzer von Llangollen und, na ja, jede Menge

andere. Fiedler, Jongleure, Geschichtenerzähler, Moriskentänzer. Es wird dir gefallen. Der Jahrmarkt dauert vierzehn Tage und wird seit Jahrhunderten alljährlich hier veranstaltet. Zur Feier der Ernte.«

»Gibt es da nicht auch eine sonderbare alte Zeremonie?«

»Das Ritual. Das ist in der Lammasnacht, der Nacht des Erntefests.« Er schaute auf. »Warst du letztes Jahr nicht dabei?«

»Dein Vater hatte mich noch nicht heimgeführt«, sagte Sandy mit gespielter Prüderie.

Mick schüttelte den Kopf und goss sich Orangensaft ein. Es war so schnell gegangen. Vor einem Jahr hatte er sie noch nie gesehen und jetzt war sie seine Stiefmutter und er hatte eine Schwester, aber wenn Anna zehn war, würde er sechsundzwanzig sein. Sie waren so weit auseinander. Verschiedene Familien. Tatsächlich war er, was das Alter anging, Sandy näher als Anna. Das machte ihn fast verlegen.

Jemand ging durch den Korridor, die alten Dielen knarrten und dann kam sein Vater herein mit einem Aktenordner, den er auf einen Stuhl legte. Zerstreut küsste er Sandy, nahm das Baby, schwang es hoch und redete in der Babysprache mit ihm, als es gurgelte.

»Sie wird spucken!«, warnte Sandy und stand auf.

Mick schnitt sich ein Stück Kuchen.

Sein Vater schaute ihn an. »Hattest du viel zu tun?«, fragte er angespannt.

»Es ging.« Mick aß den Kuchen, ohne etwas zu schmecken. Eigentlich wollte er mehr sagen, aber er ließ es sein. Der Streit von gestern Abend hing noch in der Luft wie ein gezupfter Ton, ein falscher Ton, der die Atmosphäre störte.

Sein Vater legte Anna zurück in ihren Wagen. »Was für ein Morgen! Die Tanzbühne ist schief, eine Schlammgrube blockiert den Wohnwagenplatz, wo die unterirdische Wasserleitung gebrochen ist, und ein Besucher ist ein paar Stufen zum Rosengarten hinuntergefallen.«

Sandy kicherte.

»Ich habe gewusst, dass du das komisch findest.«

Wenn ich gelacht hätte, dachte Mick, wäre er an die Decke gegangen. Er stand auf. »Ich gehe hinunter zum Feld.«

Sein Vater schlug die Zeitung auf. »So eine Überraschung.«

Sandy schaute ihn verärgert an, doch Mick kümmerte sich nicht darum. Mit einem Achselzucken in ihre Richtung ging er hinaus.

Auf dem Jahrmarktfeld war viel Betrieb. Vom Parkplatz zog sich eine Reihe tiefblauer Fahnen bis zum Feld, jede war mit einer goldenen Kornähre bemalt. An der Hecke hämmerte der alte Tom Metallpflöcke für das Kassenhäuschen in die Erde. Er schaute auf. »Katie ist hier.«

»Wo?«

»Drunten am anderen Ende. In der nächsten Reihe. Suchst du einen Job?«

Grinsend wich Mick zurück. »Noch nicht.« Zwischen den Handwerkerzelten mit den grell gestreiften blauen, roten und goldenen Planen schlenderte er weiter, begrüßte alte Bekannte und nickte neuen zu. Der üppige vertraute Geruch von zerstampftem Gras und anderem, das nach Sommer duftete, umfing ihn: Kerzenrauch, Thymian, Weihrauchstäbchen, Duftöl, Bratwürste, das süße sirupartige Doughnutaroma von einer Bude. Hämmern und Klopfen mischte sich ins Vogelgezwitscher. Auf beiden Bühnen war es jetzt still, doch unten auf dem Campingplatz spielte jemand auf irischen Pfeifen, und während er zuhörte, stimmte eine schottisch-irische Trommel ein und Mick lächelte, weil der tiefe schnelle Schlag ihm so vertraut war. In den nächsten beiden

Wochen würde Stokesey unaufhörlich voll aufregender, wunderbarer Musik sein. Deshalb liebte er den Jahrmarkt.
Der letzte Stand in der Reihe war noch nicht ganz aufgebaut. Aus dem Inneren kam Gekicher. Die Stoffseiten krumpelten und wurden wieder glatt, bis sie gespannt waren, dann öffnete sich quietschend die Klappe vom Eingang, Katie fiel rückwärts heraus und schaute aus dem Gras zu ihm auf.
»Hallo«, sagte er.
»Mick!« Sie versuchte aufzustehen, aber in diesem Moment klappte die ganze Konstruktion zu wie ein Schirm und brach zusammen, brüllendes Gelächter kam aus dem Inneren und das gestreifte Segeltuch bauschte sich in zupackenden Händen.
Kichernd kniete sich Katie hin und half Mick den Eingang zu finden. Sie öffneten ihn weit und nacheinander krochen keuchend, mit roten Gesichtern, Katies Vater und Mutter heraus, bis alle vier im Gras lagen und hilflos lachten.
»Was um alles in der Welt geht hier vor?«, brachte Mick schließlich heraus.
»Wir bauen das Zelt auf, Idiot!« Katie wälzte sich herum und schnappte nach Luft. Mühsam kam sie auf die Knie, sie grinste immer noch. »Und wie geht es dir?«
»Gut. Sehr gut, danke.«
Sie war größer, fand er, und dieses Jahr hatte sie ihr Haar orange gefärbt mit gelben Strähnen, in die vielfarbige Fäden geflochten waren. Sie trug ein langes blaues Knitterkleid, wahrscheinlich handgefärbt, und Perlen. Ihre Füße waren nackt und schlammverkrustet.
Sie zog eine Haarstähne durch die Finger. »Gefällt es dir?«
»Besser als grün.«
»Oh, grün. Das war super. Vielleicht färbe ich es nächstes Jahr wieder so. Du siehst dünner aus.«

Plötzlich wollte er mit ihr reden, ihr alles über seinen Vater und Sandy und das Baby erzählen. Aber das wusste sie bereits – er hatte ihr an Weihnachten einen Brief geschrieben. Und ihre Eltern redeten mit ihm. Calum pumpte mit der riesigen Schmiedefaust Micks Hand auf und ab. »Sind wieder die üblichen Leute hier?«
»Ich weiß noch nicht genau.«
»Es wird ein guter Jahrmarkt.« Jean McBride legte sich zurück und schaute in den Himmel. »Verlasst euch auf mein Romablut. Ein heißer Monat und eine gute Ernte.«
Eine dünne Wolke zog über die Sonne. Mick wurde plötzlich unruhig und stand auf. »Ich gehe und hole ein paar Platzwarte, die Ihnen helfen.«
Calum grinste ihm zu. »Lass dir Zeit. Ich bin ganz glücklich, wenn ich hier liege.«
Katie ging mit ihm. Auf dem Weg über das Feld fragte sie: »Was macht die Musik?«
»Alles bestens.«
Jetzt war die Gelegenheit da, aber er wollte nicht reden. Sie schaute ihn rasch an. »Spielst du heute Abend?«
Er nickte. Der Jahrmarkt wurde mit einem schottisch-irischen Scheunenabend eröffnet und er spielte in der Band als Ersatzmann, in letzter Minute war er engagiert worden. Wahrscheinlich weil sie keinen anderen bekommen konnten. Der Gedanke daran machte ihn glücklich und nervös zugleich. Katie sprang über einen Brennnesselbusch.
»Du bist ja so schüchtern geworden.«
»Red keinen Quatsch.« Er sagte es grob, dann duckte er sich unter die Seile des Bierzelts und lief die Markisenreihe entlang.
Auf halbem Weg blieb er stehen.
Die Töne klirrten klar und scharf in der Brise, und als er sich

umdrehte, sah er, dass sie von seltsamen Glockenspielen kamen, kleinen Silbermonden und sonderbar gezackten Blitzgebilden, die klimpernd in der warmen Luft schaukelten. Über dem Stand war ein Schild mit der Aufschrift ROWAN. Bündel getrockneter Kräuter hingen da und verbreiteten einen scharfen Geruch; etwas kochte in einem kleinen Topf im Hintergrund. Kerzenreihen säumten den Stand. Die Wachslichter waren geformt wie Gesichter, Bäume, Früchte und unheimlich verdrehte Schlangen, die sich wanden und streckten; einige brannten mit winzigen Flammen, die im Sonnenschein fast unsichtbar waren. Eine Frau stand hier und stützte sich mit einer Hand an die Zeltstange, sie hatte kurz geschnittenes rotes Haar und an den Ohren winzige schimmernde Silbermonde.

»Hallo, da bist du ja wieder, Mick«, sagte sie.

DREI

Ich schenke meiner Liebsten eine Rose ohne Dorn
Und ein Haus ohne Tür, weder hinten noch vorn.
Überliefert

Katie kam neugierig zurück.

Mick wusste nicht, was er sagen sollte. »Hallo«, murmelte er und schaute sich in dem voll gestopften dämmrigen Raum um.

Die Frau lächelte, als wüsste sie, wonach er suchte. Sie kam heraus ins Sonnenlicht und nickte Katie zu. »Ich bin Rowan. Eine alte Freundin von Mick. Du musst Katie McBride sein. Er hat mir alles über dich erzählt.«

Überrascht antwortete Katie: »Wirklich? Ich wüsste zu gern, was.«

Eine peinliche Stille entstand. Mick sah verschwitzt und verlegen aus, Katie langte hoch und setzte die Glockenspiele in Bewegung. Eine Kaskade leiser Töne schwirrte und summte. »Die gefallen mir. Mein Vater macht auch welche, aber diese hier klingen eigenartiger. Sehnsüchtiger. Sie haben sie nicht selbst gemacht, oder?«

»Nein.« Belustigt schüttelte Rowan den Kopf. »Ich habe Freunde, die sich damit beschäftigen.«

Mick hörte kaum zu. Was hatte sie damit gemeint, er hätte ihr alles erzählt? Nichts hatte er ihr erzählt. Er wusste nicht einmal, wer sie war. Aber nein, das stimmte nicht ganz. Es

war, als wüsste er es, könnte sich aber nicht erinnern, wodurch und woher.
»Gestern Abend«, platzte er heraus. »Woher sind Sie gekommen?«
Sie schaute ihn an, es war ein liebevoller, besorgter Blick. »Du weißt schon. Über die Hügel aus weiter Ferne. Aus dem Land der Jungen.«
Die Glockenspiele klirrten, ihre seltsamen Töne klangen in Micks Kopf wie ein Durcheinander von Worten, das er nicht verstand, sondern als unbekannte, unheimliche Sprache empfand. Plötzlich wurde ihm klar, dass sie ihn neckte, und das ärgerte ihn. Er drehte sich um. »Komm«, sagte er abrupt zu Katie, »wir suchen Tom.«
Sie nickte und ging schon hinaus aufs sonnenbeschienene Gras.
Rowan sagte leise: »Bereit für die Veranstaltung heute Abend? Nicht nervös?«
Ein Angstschauder überlief ihn. »Natürlich nicht. Warum sollte ich?«
»Kein Grund dafür. Nicht jetzt, wo ich da bin.«
Reglos blieb er stehen und schaute auf die Kerzen, deren kleine Flammen flackerten. »Dieser Zweig ...«
»Ja.« Sie lächelte, ihre Augen waren so grün wie Glas. »Ich weiß. Du kannst ihn immer noch hören, nicht wahr?«
»Nein ... nicht wirklich.«
»Oh doch. Du wirst ihn jetzt immer hören. Also mach dir keine Sorgen über deinen Auftritt.« Sie wandte sich ab und ging weiter in ihr Zelt hinein. Eine Sekunde lang stand er noch da und war sonderbar glücklich.
Dann folgte er Katie.

Als der Stand der McBrides endlich aufgebaut war und Calum den Glühofen und einige große eiserne Kerzenständer auspackte, lag Mick auf dem Rücken im Gras, schaute in den Himmel und spürte den Schweiß kühl auf der Brust. Neben ihm flocht Katie eine Kette aus Gänseblümchen, vorsichtig spaltete sie die Stiele mit einem langen Fingernagel.
»Heraus damit«, sagte sie plötzlich. »Wer ist sie?«
»Wer?«
»Diese Frau. Rowan. Was hast du ihr über mich erzählt?«
»Nichts.«
Sie schaute auf. »Den Eindruck hatte ich nicht!«
»Ich weiß nicht, wer sie ist. Sie war plötzlich da.« Er wälzte sich herum und zog sich Gras aus dem Haar. Rundum lag das Feld still in der Nachmittagsruhe; alle Stände waren halb fertig oder geschlossen, die gestreiften Markisen hingen schlaff in der Hitze, die Fahnen regten sich nicht. Etwas Unheilvolles schien in der stillen Luft zu liegen; die Giebel des Herrenhauses verschwammen im heißen Dunst über den Bäumen, als ob alles auf den Abend, auf den Beginn des Jahrmarkts warten würde.
Katie hatte ihre Blumen sinken lassen und beobachtete ihn.
»Du bist nervös.«
»Ein bisschen.«
Sie grinste, die orangefarbenen Haarfransen fielen ihr über die Augen. »Also, das brauchst du nicht. Niemand wird an dir herummeckern, wenn du was falsch machst.«
»Das ist etwas anderes.« Angespannt umklammerte er seine Knie. Dann sagte er: »Gestern Abend habe ich Dad gesagt, dass ich Musiker werden will. Auf dem College Musik studieren, meine ich. Und dann freiberuflich arbeiten – Aufzeichnungen und CDs machen und auf Festivals auftreten, in einer Band mitspielen.«

Sie nickte und wischte sich die Hände am Kleid ab. »Ich wette, das hat ihm gefallen.«
Der Vogelgesang aus dem Wald war verstummt. Mick sagte: »Wir haben einander angeschrien. Er hat unaufhörlich verlangt, dass ich mir einen richtigen Job suche, Geld verdiene. Immer geht es um Geld. Ich konnte es ihm nicht erklären. Das kann ich nie. Ich bringe einfach kein Wort mehr heraus.«
»Und Sandy?«
»Oh, sie hält sich da raus.« Mick zog einen Halm aus dem Gras und biss gedankenverloren darauf herum. »Sie ist in Ordnung, aber er ist so – verhärtet. Als steckte er in einer Zwangsjacke und käme nicht mehr heraus. Und er hört einfach nicht zu!«
»Du wirst ihn überreden müssen. Ihn an den Gedanken gewöhnen.«
Er schnaubte. »Als wenn das so einfach wäre. Und es ist noch viel schlimmer. Er hat in einem fort gesagt, ich würde nie gut genug sein. Ich hätte nicht wirklich Talent. Ich würde als Versager ohne Geld in irgendeinem Loch enden.«
»Zumindest hättest du es versucht.«
»Vielleicht.« Er stand auf und verdeckte die Sonne. »Ich gehe lieber und übe noch ein bisschen. Bis später.«
Katie legte sich die Gänseblümchenkette sorgfältig um den Hals. »Reg dich nicht auf. Ich kenne dich, du machst dich verrückt. Er hat den ganzen Sommer Zeit einzuwilligen.«
Nickend drehte er sich um und ging eilig übers Feld. Katie hatte gut reden. Ihre Eltern ließen sie alles machen; sie wussten, wie es war, frei zu sein, zu tun, was man tun musste. Sie würden sie unterstützen. Ihn unterstützte niemand. Doch während er schneller an den Kornfahnen entlangging und über den Kies des Parkplatzes, wusste er, dass er ihr das

Schlimmste verschwiegen, es sich selbst kaum eingestanden hatte: den schrecklichen nagenden Zweifel, dass sein Vater vielleicht Recht hatte, dass er nicht gut genug war und es nie sein würde. Das ängstigte ihn.
In der Wohnung war niemand. Er nahm einen Apfel aus der Schale, holte die Flöte und Blechpfeifen aus seinem Zimmer und schaute einen Augenblick aus dem Fenster auf die Touristenbusse, die in einem langen Konvoi nach Hause fuhren. Im Herrenhaus war Betrieb, sie verdienten viel Geld. Das sollte seinen Vater freuen, dachte er bitter.
Unten stieß er auf Sandy, die mühsam versuchte, den Kinderwagen durch die Seitentür zu schieben; er nahm ihr das Baby ab. Anna schlief, sie war warm von der Sonne und überraschend schwer.
»Gehst du weg?«, fragte Sandy. »Was ist mit Tee?«
»Ich will nichts. Ich muss üben.«
Sie zog ihn spielerisch an den Haaren und nahm das Baby. »Lampenfieber. Ich würde kommen, aber wir haben keinen Babysitter. Dein Dad kommt.«
»Bestimmt nicht«, sagte Mick. »Er war noch nie bei so etwas.«
Draußen war der Rasen leer, ein paar Abfälle lagen im gepflegten Gras. Er lief durch den Eibenweg und hinauf in den Wald, alle Saatkrähen krächzten hoch in den Bäumen über ihm. Besucher kamen selten hierher, vor allem jetzt, gegen Abend. Die breiten Wege wurden von Strahlen der Sonne beleuchtet. Am Ende des einen stand ein Fasan und schaute ihn dumm an.
Das war Micks eigene private Strecke. Er drängte sich durch das Unterholz zu einer dichten Haselnusshecke. In eine Ecke hatte er ein Loch gerissen, gerade so groß, dass er sich durchzwängen konnte, auch wenn er sich die Arme zer-

kratzte. Er kam ins blendende Sonnenlicht auf dem Getreidefeld hinaus.
Das Feld war riesig, es erstreckte sich weit, und das Getreide war reif und golden, es schwankte in der warmen Luft und sein schwaches unaufhörliches Rauschen war hier lauter als das ferne Brummen der Autos. Ein kleiner, schmaler und gewundener Pfad führte hinein, und während Mick ihm folgte, umgaben ihn die spitzen Ähren in Brusthöhe. Die Erde unter seinen Füßen war kalkig und trocken, in harte Furchen gebacken.
Tief im Getreide endete der Pfad in einer winzigen Lichtung, kaum groß genug, dass er sich hinsetzen konnte; die steifen goldenen Halme hoch über seinem Kopf verbargen ihn völlig. Er zog die Knie hoch, spürte die Wärme der Erde und sah nichts als einen Kreis blauen Himmels. Hier übte er oft. Niemand konnte ihn sehen oder stören. Und das Beste war, dass niemand seine Fehler hörte. Am Anfang hatte sein Vater jedes Mal gestöhnt, wenn er die Flöte hervorholte.
Mick wiederholte alles, seine Finger trafen so oft die falschen Klappen, dass er aufhörte, fluchte, wieder von vorn begann und im flau wurde vor Angst. Sie würden alle da sein, Hunderte von Menschen, und daran waren alle in der Band gewohnt, alle außer ihm. Hatten sie wirklich gewollt, dass er mitspielte? Vielleicht war Huw verzweifelt gewesen, als er ihn gefragt hatte. Und doch gab es jede Menge Musiker auf dem Jahrmarkt. Wütend spielte er die Gigue schneller, spürte, wie sie ihn aufmunterte, ihn neu belebte, aber immer, wenn er aufhörte, brachte das endlose Rauschen des Getreides die Verzweiflung zurück.
Es war jetzt kühler; der Himmel hatte sich bewölkt. Eine kleine Kräuselbewegung schwirrte durchs Getreide wie ein Schauer um ihn herum und durch ihn hindurch, sodass er

die Flöte beklommen sinken ließ, sich hinkniete und hinaus auf das dunkelnde Feld schaute.
Die Sonne stand tief, große Wolken schienen sie zu verschlingen. Vor seinen Augen sank sie. Es war später, als er gedacht hatte; er musste zur Tonprobe. Doch immer noch rührte er sich nicht. In der Stille atmete und regte sich das Feld. Ein Reiher flatterte schwer über die Hecken.
Mick schaute zurück zum Wald.
Er hatte sich verändert.
Mick merkte das sofort, doch er konnte nicht sagen, wie. Die Bäume waren dunkel, der frühe Mond leuchtete blass und verschwommen durch die Zweige. Mick hatte diese Bäume sein Leben lang gekannt, doch jetzt waren sie anders, als hätte die Dämmerung sie schrumpfen lassen und ihre Äste zu unnatürlichen Schatten verzerrt. Nebel waberte zwischen den Stämmen; manchmal war er deutlich zu sehen, dann schien er seitwärts zu verschwinden. In der Zeit zwischen Tag und Nacht war mit dem Wald etwas geschehen.
Mick stand auf, eisig lag die Flöte in seinen Händen.
Das Getreide rauschte. Kein Weg führte hindurch; er musste durch die Bäume zurück und er musste jetzt gehen, sonst würde er zu spät kommen. Er schob die irischen Pfeifen in die Tasche, steif fühlte er sie an seinem Bein.
Während er durchs Getreide ging, wuchs in ihm die Beklommenheit. Der Wald war dicht und von kleinen, raschelnden Bewegungen erfüllt. Mick ging schneller, doch als er an das Loch in der Hecke kam, kauerte er sich nieder und schaute mit einer gewissen Furcht hindurch. Das war nicht mehr das Gleiche. Es war eine Grube, ein Tunnel, der sich in die Finsternis bohrte.
Mick schloss die Augen. Der Schweiß war kalt auf seinem Rücken. Das Ganze war albern. Es mussten die Nerven sein.

Mit den Händen im Schmutz kroch er hindurch.
Winzige spitze Dornen verfingen sich an seinen Ärmeln.
Im Wald war es noch schlimmer. Er ging schnell und stolperte. Nebel waberte durchs Dickicht; aus den Augenwinkeln sah er, wie er sich zu Gesichtern verzog, die grotesk, schön und unmenschlich dahinschwebten. Etwas lachte, es klang wie ein Katzenjaulen. Äste lagen ihm im Weg; der Wald hatte sich verzerrt. Mick stellte fest, dass er atemlos und desorientiert war. Er wusste noch nicht einmal, wo er sich befand; das bleiche Mondlicht zeigte verschwommen Dinge, die zurückwichen und sich verdrehten und vielleicht gar nicht da waren.
Benommen legte er die Hand an eine efeubedeckte Eiche und konnte nicht aufhören zu zittern.
Dann begann irgendwo in seiner Nähe ein leises Pfeifen, fern und in großer Höhe. Er schaute hinauf und sah, dass die Zweige schwarz und krumm waren mit Umrissen, die sich unter den Blättern duckten. Einer von ihnen rutschte kopfüber den Stamm herunter und wisperte ihm etwas zu.
Mick rannte. Ungestüm lief er über die Pfade, die Flöte in seiner Hand blitzte silbern. Er rannte, bis er hinaus auf den Rasen kam und fast mit der Frau zusammenstieß, die da saß.
Fassungslos blieb er stehen, seine Haut prickelte vor Anspannung.
Rowan stand auf. »Da bist du. Ich habe auf dich gewartet.« Sie kam näher und schaute über seine Schulter in die Finsternis. »Quälen sie dich? Du wirst dich an sie gewöhnen, Mick.«
Sie drehte ihn herum, als wäre er ein kleines Kind, und führte ihn am Arm über den dämmrigen Rasen. »Komm jetzt. Ausgerechnet heute Abend darfst du dich nicht verspäten.«

Er schüttelte verwirrt den Kopf. »Was war das? Diese Gestalten?«
Sie lachte. »Jede Königin muss ihr Gefolge haben. Betrachte sie als deine neue Familie. Aber jetzt solltest du dich auf die Musik konzentrieren. Heute Abend fängt es an, Mick. Du wirst sehen.«
Das Jahrmarktfeld vor ihnen war mit Laternen und Kerzen und strahlenden Lichterketten erleuchtet. Musik drang aus dem Hauptzelt. Auf dem Feld drängten sich die Menschen.
Er blieb stehen. »Ich weiß nicht, ob ich es kann«, murmelte er.
Ihre Nägel bohrten sich scharf in seine Haut, ihre Augen waren grün und schmal, während sie ihm zulächelte. »Jetzt kannst du es«, sagte sie. »Weil wir dir die Gabe geschenkt haben.«

VIER

Tränen und Verrat sind unbekannt
im lieben, wohl vertrauten Land;
grellböse Töne kommen nicht vor,
nur süße Musik dringt ans Ohr.
AUS: VOYAGE OF BRAN

Er lehnte sich ans Fenstersims im güldenen Saal, ließ den Kopf tief hängen und spürte die heiße Sonne auf den Händen.

Selbst jetzt konnte er nicht glauben, was er getan, wie er sich gefühlt hatte. Die ganze Nacht war er benommen und glücklich wach gelegen, beim Frühstück hatte er geschwiegen und den Morgen damit verbracht, die vertrauten Worte der Führung vor sich hinzumurmeln, ohne die Besucher genau zu sehen.

Der vergangene Abend brannte noch in ihm. Der Scheunenabend war wild gewesen, ein Delirium aus Torfrauch und brutzelnden Würsten und Musik; Musik, die von nirgendwo in ihm aufgestiegen war, Musik, von der er nicht gewusst hatte, dass er sie mit flinken und zuversichtlichen Fingern spielen konnte, während Huw ihm zugrinste und improvisierte und Katie auf dem Tanzboden klatschte und jauchzend von ihrem Vater davongewirbelt wurde, alles rhythmisch und in seinem Kopf verschlungen wie ein Potpourri aus Reels. Er hatte gespielt, als wäre er ein anderer,

in den Pausen kaum gegessen und getrunken, zu angespannt und glücklich und voller Angst, alles könnte verschwinden.
Jetzt holte er tief Atem und schaute auf, hinaus zu den schlendernden Paaren, die Eis schleckten, zu einem Jongleur mit farbigen Bällen im Rosengarten.
War er das gewesen? Wie war das möglich? Nie hatte er so spielen können. Woher war das Selbstvertrauen gekommen, das Können? Was hatte sie mit ihm gemacht?
Rowan war da gewesen und hatte unter den blauen und grünen Lichtern zugeschaut, manchmal hatte sie auf den Strohballen gesessen, manchmal hatte sie getanzt, immer lebhaft, leicht zu erkennen. Einmal hatte er ihren Blick aufgefangen; er war scharf, seltsam gierig; aber sie hatte gelächelt und gewinkt und er hatte es vergessen. Doch wie konnte sie für das alles verantwortlich sein? Die Musik war in ihm. Er wusste jetzt, dass es immer so gewesen war.
»Michael?«
Sein Vater stand mit einem Klemmbrett unterm Arm an der Tür. Wie lange mochte er schon da gewesen sein? Mick richtete sich auf.
»Ich habe gehört, dass es gestern Abend gut gegangen ist.«
Mr Carter kam herein; die Tür fiel zu. Rundum glänzten die goldenen Paneele im Sonnenlicht.
»Ja ... ich glaube schon.«
»Sandy sagt, du warst gut. Sogar richtig beflügelt.«
In seinem Ton war etwas Nüchternes; Mick hörte es heraus und seine Träume wurden schal. »Du hättest dabei sein sollen«, murmelte er.
»Oh, Sandy wollte gehen und jemand musste bei dem Baby bleiben. Außerdem habe ich den Tag über genug mit dem Jahrmarkt zu tun. Du hast keine Ahnung, wie viel Papier-

kram nötig ist, um diese jährliche Plage zu veranstalten. Jemand muss sich darum kümmern.«
Er war zum Kamin gegangen, kauerte dort und schaute hinauf in den Schornstein. Dann richtete er sich auf und machte ein paar Notizen.
Mick beobachtete ihn. Sie glichen sich – jeder sagte das. Ob sein Haar so dünn sein würde, wenn er vierzig war? Das war noch nicht alt. Sein Vater wirkte immer älter, außer wenn er mit Sandy zusammen war. Immer fest und klar und ohne Selbstzweifel. Immer im Recht. Jetzt schaute er auf.
»Hast du keine Führungen mehr?«
»Noch eine.«
»Nun, die Leute werden warten. Denk daran, sie nicht in Lady Olgas Zimmer zu führen – der Teppich ist noch nicht trocken nach dem Rohrbruch und ich habe gerade Jennifer gebeten, alles Porzellan herauszunehmen und zu spülen. Und gib um Himmels willen Acht auf Kinder mit Kaugummi.«
Mick nickte hoffnungslos; doch als er schon halb an der Tür war, sagte sein Vater plötzlich: »Und Sandy hat gesagt, bitte Katie zum Tee.«
Mick starrte zurück, doch sein Vater schrieb wieder. Ringsum leuchtete der Saal; Apollo auf seinen Wolken lächelte traurig auf sie herab.

Katie schaffte es immer leicht, mit drei Bällen zu jonglieren; der vierte war es, der ihr Schwierigkeiten machte. Sie streckte sich zu weit nach ihm und plötzlich waren alle an den falschen Stellen und dann im Gras. Ärgerlich trat sie nach ihnen. Aus dem Hintergrund des Stands war der Hammerschlag des Schmieds zu hören; müßig schlenderte sie an den Kerzenhaltern und gusseisernen Skulpturen vorbei, stellte hier eine gerade hin, wischte dort Staub von einer anderen. Dann legte sie sich vorn auf einen Teppich und schaute hinaus.

Am ersten Tag war auf dem Jahrmarkt viel los. An der hinteren Bühne verdeckte die Menge eine Gruppe von Tänzern aus den Appalachen, ihre stampfenden Holzschuhe und das Klatschen überlagerten alle anderen Geräusche, bis beides plötzlich im Prasseln des Beifalls aufhörte. Im Hauptzelt waren die Fiedler bei ihrem Workshop, sie brachen ihr Spiel ab und begannen dann improvisierte Sessions, und weit unten beim Zelt der Geschichtenerzähler sang ein Mädchen eine heitere Ballade – Katie erkannte *The Foggy Dew.* Alle Stände waren offen und der Geruch nach zertretenem Gras belustigte sie.

Katie liebte diesen Jahrmarkt. Sie gingen auf viele Feste dieser Art, doch das hier war anders: uralt und unveränderlich, eine kleine eigene Welt, weit von zu Hause, ein Treffen von Menschen aus dem ganzen Land bei den alten Liedern und Tänzen und Sitten und beim Ritual, das so regelmäßig stattfand wie die Ernte und bei dem es von alten Freunden wimmelte. Vor diesem Jahrmarkt gerieten die langweiligen Schulstunden in Vergessenheit – diese Welt, in der sie braune Haare und eine Uniform hatte und lebte wie alle anderen. Nun, beinah. Aber das hier war wirklich: die Musik, das Reisen, das Trommeln des Regens nachts auf dem Wohnwagendach. Das alles liebte sie. Immer würde sie hierher kommen.

»Du bist wohl nicht der Schmied?«

Jemand verdeckte die Sonne, eine verschwommene Gestalt. Katie stand überrascht auf. »Das ist mein Vater.«

Der Mann nickte kurz. »Wird er das reparieren?« Er hielt ihr ein kleines, verbogenes Metallteil hin. Ein Wirbel von einer Harfe, vermutete sie.

»Fragen Sie ihn lieber selbst. Er ist hinten.«

Der Fremde war dünn, sein blaues Hemd abgetragen und verblichen, sein ziemlich langes Haar hell und glatt. Er sah ungesund, anfällig aus wie nach einer langen Krankheit. Interessiert folgte ihm Katie.
Ihr Vater betrachtete den Wirbel. »Der wird nicht mehr gerade. Ich mache Ihnen einen anderen. Genauso gut.«
»Wie viel?«
»Ein Pfund. Nur fürs Metall.«
Der Mann nickte. »Danke.«
»Kein Problem. Sie sind Alex, nicht wahr? Wir haben Sie seit Priddy nicht mehr gesehen. Vor drei Jahren.«
»Vier.« Der Harfenist drehte sich um und schaute hinaus aufs Feld. »Ich war eine Zeit lang weg vom Fenster.«
Er war jünger, als sie gedacht hatte.
»Wie lange wird es dauern?«, fragte er.
Calum zuckte die Achseln. »Sagen wir morgen? In der Frühe.«
Alex nickte, aber er rührte sich nicht. Katie kam es vor, als würde er sich ein wenig versteifen; eine seltsame Anspannung machte seinen Blick starr. Als sie in die gleiche Richtung schaute, sah sie Rowan.
Die Frau überquerte das Feld, ihr blaues Kleid wirkte dunkel in der Sonne; sie unterhielt sich mit einem großen dünnen Tänzer in einem bizarren Patchworkkostüm aus violetten und gelben und grünen Flicken, unterm Arm hatte er eine gehörnte Kopfbedeckung. Ihr Gesichtsausdruck war wach und amüsiert. Sie lief ein paar Schritte, drehte sich um und ging rückwärts, ihre Hände formten einen Kreis, während sie redete. Der Tänzer grinste boshaft.
»Kennen Sie sie?«, fragte Katie leise.
Der Harfenist schaute sie kurz an. Einen Augenblick lang erkannte sie ein Elend, eine Hoffnungslosigkeit, die Schreckliches ahnen ließ. Dann sah er weg.

»Ich habe es einen Moment geglaubt«, sagte er. »Aber das kann nicht sein.«
Erschrocken sagte Katie: »Sie heißt Rowan.«
Er zuckte die Schultern. »Die ich kannte, hatte viele Namen. Keiner war der wahre.«
Dann ging er weg hinter die Zelte und die Menge an den Imbissbuden, außer Sicht.
Katie kaute fasziniert an einer orangefarbenen Strähne. Rasch drehte sie sich um. »Wer ist er?«
»Alex. Seinen Zunamen habe ich vergessen. Großartiger Musiker.« Aber zwei Frauen betrachteten die Skulpturen und ihr Vater ging eilig zu ihnen.

Gegen zwei kam Mick aufs Feld. Der Jahrmarkt war voller Menschen und die Sonne schien fast unerträglich heiß. Er kaufte eine Dose Orangensaft und trank, während er eine Truppe winziger Männer beobachtete, die auf dem zertrampelten Gras Purzelbäume schlugen und komplizierte Pyramiden mit ihren Körpern bauten. Einer von ihnen tollte mit einer Pfeife herum und grinste böse.
Mick warf die Dose in einen Abfallbehälter und schaute sich um. An Rowans Stand war es ruhig, wenige Leute betrachteten die Waren. Selbst von hier aus konnte er die merkwürdig scharfe Mischung aus Kräutern und Kerzen und Weihrauch riechen. Er ging hinüber.
Sein Herz hämmerte und seine Handflächen waren heiß und er hatte immer noch nicht entschieden, was er sagen, was er fragen sollte, doch als sie herauskam und ihm zuwinkte, wusste er, dass es nicht wichtig war.
»Komm herein«, flüsterte sie.
Im Hintergrund war ein mit Perlen und Tüchern behängter Wandschirm. Dahinter kam Mick in einen kleinen Raum

mit merkwürdigen niedrigen Stühlen, einem Holztisch und einem großen Spiegel an der Zeltwand.

»Wo ist dein Wagen?«, fragte er neugierig.

»Ich bin nicht im Wagen gekommen. Ich bin geritten, weißt du noch?« Sie setzte sich, legte die Füße auf den Tisch und sagte: »Wie war es, so zu spielen?«

Er schüttelte hoffnungslos den Kopf. »Woher kennst du mich? Bewirkst du das alles?«

Die Glockenspiele klimperten. Sie lächelte, ihre grünen Augen waren dunkel. »Aufregend, nicht wahr? Du fühlst dich ungeheuer stark. So kann es jetzt immer sein, wenn du willst.«

»Natürlich will ich das«, murmelte er, »aber ...«

»Sie nennen es Inspiration, nicht wahr, die Künstler und Poeten?« Sie schwang die Füße herunter, stand auf und kam näher. »Doch keiner von ihnen weiß, was es ist oder woher es kommt. Aber wie sie danach hungern! Und wenn es kommt, musst du alles tun, um es zu behalten. Egal was es dich kostet.«

Er verkrampfte die Finger. »Was wird es mich kosten?«

»Nichts.« Sie berührte sein Haar. »Noch nichts.«

Er trat zurück, seine Haut war kalt. »Aber wie lange wird es anhalten?«

»Solange du willst. Du wirst besser spielen, als du je geträumt hast. Du wirst großartig sein. Jeder, selbst dein Vater, wird das sagen.« Sie drehte sich plötzlich um, ging zum Spiegel und griff hinauf. Eine Sekunde lang war Mick überzeugt, dass nichts da hing, doch als sie die Hand sinken ließ, sah er, dass sie ein Glockenspiel hielt, lange winzige Zylinder aus glänzendem Silber, jeder mit einem baumelnden Stern am Ende. Sie schlenkerte es und reine Klänge rieselten durch den Raum. Sie drückte es ihm in die

Hand. »Das erste ist ein Geschenk«, sagte sie schelmisch. »Aber nur das erste.«
Er fand Katie am Crêpestand, wo sie Sirup über etwas Heißes, Klebriges drückte.
»Das sieht dir ähnlich«, murmelte er. »Ich wollte dich zum Tee einladen.«
»Oh, gut. Ich komme trotzdem.« Sie nahm einen Bissen und grinste, riss das andere Ende ab und hielt es ihm hin. Einen Augenblick kauten sie schweigend, dann leckte sich Katie den Daumen und die Finger ab. »Ich möchte Sandy richtig kennen lernen. Und deine Schwester.«
»Halbschwester.« Es klang immer noch sonderbar. Als er sich umdrehte, gab das Glockenspiel in seiner Tasche ein leises Klimpern von sich. Sie fragte: »Was ist das?«
Bevor er antworten konnte, rief ihn jemand. Tom drängte sich durch die Menge, er sah erhitzt und besorgt aus, sein Kragen war aufgeknöpft. »Mick, Junge. Hast du deinen Vater gesehen?«
»Seit Stunden nicht mehr. Er ist wahrscheinlich im Herrenhaus.«
»Verdammt!« Der Alte schaute sich um. »Tu mir einen Gefallen. Geh hin und suche ihn.«
»Warum? Was ist passiert?«
Tom wischte sich Gesicht und Hals mit einem schmutzigen Taschentuch.
»Ein Problem. Mehr als das. Ärger.«

FÜNF

Der Wind, der die Gerste schüttelt.
TRADITIONELLER REEL

»Ein Kornkreis?« Michael Carter starrte erstaunt auf den Parkplatz. »Ist das ein Witz?«
»Kein Witz.« Tom wischte sich den Schweiß von den Händen.
»Aber das ist lächerlich. Soll das heißen, jemand hat die Gerste flachgetreten?«
»Im Herrenfeld. Ein Kreis. Perfekt. Etwa fünfeinhalb Meter Durchmesser.« Der Alte zuckte die Achseln. »Jeder Halm liegt flach.«
»Mein Gott, das fehlt mir noch!« Micks Vater drängte sich an ihm vorbei und suchte sich ärgerlich einen Weg durch die parkenden Autos. »Zeig es mir, schnell. Wir wollen hoffen, dass niemand sonst es gesehen hat.«
Sie eilten über den Rasen, Mick und Katie rannten voraus.
»Macht langsam«, keuchte Tom. »Ich bin zu alt für ein Wettrennen in der Hitze. Am besten hier herum.«
Er bog ab in den Eibenweg. Katie grinste Mick zu. »Klingt verrückt.«
Er schaute gedankenverloren auf. »Wahrscheinlich.«
»Ich habe vergessen, dir was zu sagen. Martin Frobisher hat erklärt, du seist gestern Abend der Beste auf der Bühne gewesen. Einfach großartig.«

Sie hatte gedacht, das würde ihn freuen, aber zu ihrer Verblüffung sah er fast ängstlich aus. »Nett von ihm.«
»Hör dir das an! Du glaubst wohl, du bist schon ein Maestro!«
»Ich kann besser sein, das ist alles. Ich werde besser.«
Zu Micks Erleichterung gingen sie nicht in den Wald, sondern durch das Feldtor, das Tom hinter ihm schloss. »Hier entlang.«
Das Getreide flüsterte und raschelte. Vorsichtig traten sie auf die spärlichen Reste am Rand, die Füße fanden schlecht Halt auf den harten Furchen. Mick war es unbehaglich; sie gingen hinunter zu seinem Übungsplatz, direkt vor ihnen lag der vertraute Pfad. Zu seinem Schrecken führte Tom sie über diesen Weg.
»Es sieht aus, als wären sie hier hineingegangen. Und hier ist der Schaden.«
Der Kreis war unheimlich. Ein Wirbel aus flachgelegtem Getreide, jeder Halm glatt und still, genau an seinem Platz.
Katie kauerte sich auf den Boden. »Es ist erstaunlich! Ich habe noch nie einen gesehen.«
Mick stand über ihr, ihn fröstelte, als hätte die Sonne ihre Wärme verloren. Das war sein Übungsplatz gewesen. Was war hier geschehen?
Sein Vater fluchte. »Wie zum Teufel haben sie das gemacht?«
»Wer?«, fragte Katie spitzbübisch. »Das kleine Volk?«
»Jemand vom Jahrmarkt. Das sind Tricks, Katie, und jemand will billige Publicity.« Wütend trat er gegen die Furchen. »Was für eine Vergeudung! Wie sollen wir da nur ernten!«
Er drehte sich zu ihnen herum. »Hört zu, ich will nicht, dass noch jemand davon erfährt, sonst wird das übrige Getreide

zertrampelt und wir haben jeden Irren aus der Grafschaft hier. Niemand darf es wissen, verstanden? Katie?«
Sie nickte zögernd, aber Tom zuckte die Schultern und schaute hinter sich zum Wald. »Das hat keinen Sinn, Boss. Wer es gemacht hat, weiß Bescheid. Und die werden nicht still sein.«

Er hatte Recht.
Um die Teezeit war die Neuigkeit auf dem ganzen Feld herum. Katie dachte darüber nach, als sie im engen Wohnwagen saubere Jeans anzog. Wenn es um Publicity ging, dann war es ein Erfolg. Und doch – wer wusste wirklich, wie diese Dinge gemacht wurden? Es war etwas Unnatürliches an der Vollkommenheit des Kreises, der perfekten Ausrichtung des flachen Getreides, als hätte dort ein Wirbelsturm getobt oder als wäre irgendeine Energie herumgebraust. Katie zog einen Kamm durch das orange Gewirr und zuckte zusammen.
Als sie später das Feld überquerte, wurden die Stände geschlossen. Feuer brannten auf dem Campingplatz und die Markisen der Buden hingen still da. Das war die ruhige Zeit, wenn die Nachmittagsbesucher gegangen waren und bevor die abendlichen Musiksessions begannen. Die Zeit, in der sich der Jahrmarkt zurückzog. Sie ging die Budenreihen entlang, wo Leute mit Töpfen hantierten, kochten, hämmerten und hin und wieder ein Radio leise spielte. Rowans Stand war leer, die baumelnden Monde klirrten.
Doch bevor Katie zwischen den blau-goldenen Fahnen vom Platz ging, ließ etwas sie innehalten und zurückschauen.
Lange Schatten streckten sich über das Gras; der Geruch nach Holzrauch zog vorbei. Kurz wartete sie hier und versuchte das quälende Unbehagen zu definieren, das irgendwo

zu lauern schien. Doch alles wirkte normal. Weit unten zwischen den stillen Standreihen lachte jemand, es war ein hinterhältiges Kichern.

»Du sitzt da.« Sandy zog einen Stuhl für sie heraus, dann lief sie um den Tisch zu dem Baby, das auf einer karierten Decke herumkroch und mit klebrigen Händen an den Fransen zog.
»Sie ist reizend«, sagte Katie.
»Sie ist eine Plage. Mick findet das. Nicht wahr, Mick?«
Er antwortete mit einem Achselzucken und schaute Katie fragend an.
»Du bist so still.« Sie nahm sich Sandwiches.
»Findest du?«
»Den ganzen Tag warst du so.«
Er lächelte nur und sah hinaus zum Himmel.
Sie saßen in dem einzigen Privatgarten der Wohnung hoch oben auf dem Dach. Rundum bildeten die Türmchen und Giebel von Stokesey Hall verzweigte Berge und Täler; riesige elisabethanische Kamine standen in Gruppen, ihre bleichen Terrakottasäulen waren mit Zickzackleisten und Zinnen geschmückt.
Sandy hatte einen Metalltisch und ein paar Stühle hier heraufgeschleppt und rundum waren Töpfe mit Geranien und Erdbeeren, ein Garten von Kletterpflanzen an Spalieren mit wucherndem Grün.
»Ich lege mich hier oben in die Sonne«, sagte sie zu Katie und reichte ihr eine Kuchenplatte. »Es ist der einzige Ort, an dem garantiert kein Tourist mit einer Kamera über einen stolpert.«
»Oben ohne?«
»Wenn ich die Tür abgeschlossen habe.«
Katie kicherte. Mick sah verlegen aus.

»Es gibt allerdings noch andere Türen. Dieses Haus ist ein Labyrinth aus Räumen und Treppen – ich habe eine Ewigkeit gebraucht, bis ich mich auskannte. Ich lande immer noch meilenweit von meinem Ziel entfernt in irgendeiner Spülküche. Allein zum Wagen zu kommen ist ein Abenteuer.«
Katie mochte Sandy. Sie wusste, dass Mick sie ebenfalls mochte, aber als später sein Vater heraufkam, spürte sie die Verstimmung zwischen ihnen wie eine explosive Spannung. Mr Carter sah verschwitzt und abgehetzt aus. »Die Lokalzeitung war am Telefon. Stimmt es, dass wir einen geheimnisvollen Kornkreis auf dem Gut haben? Können sie einen Fotografen herüberschicken?« Grimmig klatschte er Butter auf ein Hörnchen. »Sie haben keine Zeit verloren.«
»Was hast du gesagt?«, fragte Sandy.
»Ja. Ich hatte keine Wahl. Wenigstens kann ich sie so im Auge behalten. Ich wette, sie würden sowieso kommen.«
»Dad meint, es wird gut fürs Geschäft sein«, sagte Katie nachdenklich.
»Das glaube ich auch. Aber es ist trotzdem lästig. Es wird jeden Spinner in der Gegend anlocken. Als wären die meisten von ihnen nicht sowieso schon da.«
Sandy kicherte. Katie drehte eine orange Locke zwischen den Fingern und machte ein unschuldiges Gesicht.
Als Sandy das Baby ins Bett brachte, verdichtete sich die Dämmerung, Motten prasselten und schwirrten über die warmen Türmchen. Mr Carter stellte die Teller auf ein Tablett und trug sie hinunter. Katie kam und lehnte sich neben Mick an ein Geländer, das aussah, als würde es unter ihr zerbroseln.
»Ist das sicher?«
Er betrachtete es. »Wahrscheinlich.«

»Ich frage nur, weil ich noch nie zuvor auf einem Dach Tee getrunken habe.«
Mick grinste. »Und du hast gedacht, deine Familie sei sonderbar.«
»Es muss fantastisch sein, hier zu wohnen.« Sie schaute über das Geländer. »Diese vielen Räume und Speicher. Diese vielen Wälder.«
»Diese vielen Touristen. Und es ist meilenweit von allem entfernt. Kein Mensch in meinem Alter. Keine Musik, keine Möglichkeit, zu Konzerten zu kommen. So toll ist es wirklich nicht.«
Sie runzelte die Stirn und trat gegen den Stein. »Versuch mal in einem voll gestopften Haus in einer Sozialwohnungssiedlung zu wohnen wie manche Leute. Du weißt nicht, wovon du redest, Mick.«
Weit unter ihnen war der gepflegte Rasen jetzt düster, er verblasste zu grauen Schattierungen, der ferne See schimmerte unterm Mond. Alle Wälder der umliegenden Landschaft flüsterten in schwarzen, rauschenden Flächen und hinter ihnen erstreckten sich meilenweit die Getreidefelder, jetzt stumpf und dunkel, im Tageslicht aber ein Meer goldener wogender Ernte mit dem Haus wie eine verankerte große Arche in der Mitte. Vom Jahrmarktfeld hinter der Giebelecke wehte schwach Musik herüber; die Klage der Pfeifen aus Northumbria klang geisterhaft und dünn, als würden die Stimmen verirrter Geister weinend flehen, wieder in der Welt aufgenommen zu werden.
»Was ist das?«, fragte Katie.
Sie deutete hinunter auf den östlichen Rasen und den Kräutergarten.
»Was?«
»Das. Dort, Mick.«

Er sah sie. Kleine blaue Lichter. Sie hüpften seltsam zwischen den Büschen.
»Leute mit Taschenlampen«, murmelte er.
»Das glaube ich nicht.« Fasziniert schob sie sich am Geländer entlang.
Mick fröstelte. Gestern Nacht war es etwa um diese Zeit gewesen, in der Dämmerung, als sich der Wald veränderte.
»Komm und sieh dir das an.«
Er rückte ihr zögernd nach.
Die Lichter knackten, während sie sich merkwürdig bewegten, schwebten, plötzlich verschwanden und weiter weg wieder auftauchten. Man konnte kaum sehen, wo sie waren; manchmal wirkten sie wie Kugeln, dann wie punktförmige blaue Flammen.
Katie fasste ihn am Arm. »Komm, wir gehen hinunter.«
Einen Augenblick zögerte er. Dann sagte er: »Gut. Hier entlang.«
Im Zwielicht rannten sie über das Dach zu einer kleinen Tür in einem Türmchen. Mick riss sie auf und sie polterten eine enge Wendeltreppe hinunter in die Dunkelheit, Stockwerk um Stockwerk. Unten war ein Korridor mit alter brauner Eichentäfelung an den Wänden. Katie holte Mick ein und flüsterte: »Was ist mit der Alarmanlage? Lösen wir sie nicht aus?«
Er bog um eine Ecke. »Sag es nicht weiter, aber sie reicht nicht sehr weit.«
Sie rannten durch eine Reihe dämmriger Spülküchen, Speise- und Vorratskammern, durch die Dienstbotenhalle, wo das blasse Mondlicht hohe Bogenfenster beleuchtete, und dann durch einen dunklen Gang unter Reihen von Klingeln, die mit den Namen von Räumen bezeichnet waren. Katie schaute fasziniert hinauf. Doch Mick entriegelte

schon die Hintertür; sobald sie durchgeschlüpft waren, schlug er sie zu und drückte ein paar Knöpfe auf einer Tafel an der Seite.

Sie rannten um das Haus über den Rasen.

»Dort!« Verwundert blieb Katie stehen.

Die blauen Lichter schwebten allein in der Dunkelheit. Eine unheimliche Düsternis umgab sie, während sie hoch über den Boden stiegen und dann ins Gras sanken, sich vereinten und trennten, ein zielloser Schwarm ohne Gesetzmäßigkeit.

Plötzlich entmutigt trat Katie zurück. »Ich glaube, wir sollten ihnen nicht zu nahe kommen.«

Mick, eine dunkle Gestalt neben ihr, nickte.

Die Lichter zischten. Sie ließen sich unmöglich zählen, sie blinkten, wurden stärker und schwächer, manchmal wie Flammen, dann wie Sterne oder Blasen.

»Ich glaube, sie können uns spüren«, murmelte Katie.

»Sei nicht albern.«

»Schau sie nur an, Mick.«

Die Erdlichter waren unruhiger geworden, drängten sich näher zusammen, wirbelten schneller. Dann spritzten sie plötzlich in einem erschreckenden Ausbruch auseinander und schleuderten dabei Strahlen in Katies Gesicht. Sie schrie auf, überall hatte sie Schmerzen, Haar und Haut prickelten.

»Mick!«, rief sie, doch er war in Funken und Schatten verschwunden, und als sie die Lichter verscheuchte, schien es, als würden sie sich in höhnische, groteske Gesichter verwandeln. Als Katie nach ihm griff, explodierte blaues Licht, das ihre Handflächen versengte. Sie kauerte sich zusammen und verkrampfte die Hände in dem beißenden elektrischen Schmerz, bis eine Stimme rief: »Lasst sie in Ruhe!«, eine harte, kommandierende Frauenstimme, und sofort erloschen alle Lichter.

Atemlos und wund stand sie in der jähen Finsternis; neben ihr rappelte sich Mick vom Gras auf.
Eine einzelne Wolke zog über den Mond.
Rundum war der Rasen leer.

SECHS

Er hat mich verlassen,
er ging von mir fort
zum Jahrmarktvergnügen,
war mal hier und mal dort.
ÜBERLIEFERT

»Das hört sich wie Erdlichter an.«
Katie umschloss mit den Händen den braunen Becher mit heißem Tee. »Und was ist das?«
Martin Frobisher streckte die Beine aus. Sein Bart war dicht und dunkel; auf dem widerspenstigen Haar hatte er den weichen Hut mit der Feder zurückgeschoben. »Das weiß keiner genau. Manche sagen, sie sind Kugelblitze. Andere halten sie für eine Art elektromagnetische Energie. Wieder andere für Geschöpfe aus dem Feenland.«
Katie grinste und er sah es.
»Mach dich nicht lustig über das, was du nicht kennst, Katie«, sagte er ernst.
Von der obersten Stufe streckte sie einen nackten Zeh hinunter und fuhr einen Streifen im nassen Gras nach. Der Tau war eisig und rollte in Tropfen über ihren Fuß. »Aber andere Leute haben sie auch gesehen?«
»Das behaupten sie.« Er trank und schaute über das frühmorgendliche Feld.
»Könnten sie in irgendeiner Verbindung mit dem Kornkreis stehen?« Katies Mutter rührte im Honig.

»Das wäre möglich. Carter hält den Kreis für einen Schwindel – nun, das ist mehr als wahrscheinlich.« Martin nippte nachdenklich an seinem Tee. »Ich habe viele gesehen – rund um Avebury im vergangenen Jahr. Oder in Stonehenge. Aber der hier ist eigentlich anders. Er hat etwas Sonderbares. Er ist so klein und deutlich. Und er prickelt.«

»Prickelt?«, fragte Jean.

»Ja. Er prickelt, Jean, und besser kann ich nicht beschreiben, was ich meine.«

Sie lachten beide. Katie drehte sich um und goss den Satz aus dem Becher. »Oh, hallo!«, sagte sie überrascht.

Alex stand neben der Bude und hörte ihnen zu. Im frühen Sonnenlicht sah er müde aus, sein alter rostfarbener Pullover war am Hals ausgefranst. »Tut mir Leid«, sagte er. »Ich habe dich erschreckt.«

»Ich habe Sie nicht kommen hören.«

Calum schaute von seinem Glühofen herüber. »Ich bin gleich bei Ihnen, Alex.«

Der Harfenist sah sich unruhig um. »Ich könnte später kommen ...«

»Nein. Es dauert keine Sekunde.«

»Trinken Sie einen Tee mit uns.« Katie goss ein und hielt ihm den Becher hin. Zögernd nahm er ihn.

»Zucker?«

»Nein danke.«

Martin Frobisher beobachtete ihn über den Rand seines Bechers. »Wie geht es Ihnen, Freund? Ich habe gehört, dass Sie zurück sind.«

Alex schlang die langen Finger um seinen Becher. »Mir geht es gut«, sagte er scharf.

»Haben Sie heute eine Session?«

»Um zwei.« Er schaute hinüber. »Falls der Wirbel fertig ist.«

»Oh, fertig ist er.« Calum richtete sich auf und wischte die schmutzigen Hände ab. »Ich muss ihn nur finden, das ist alles.«
Der Harfenist runzelte die Stirn und schaute weg. Bildete Katie sich ein, dass er enttäuscht war? Sie stellte beide Füße in den Tau, ohne es zu merken.
Ihr Vater ging ins Zelt; sie hörten das Rasseln und Geklapper, als er einen Werkzeugkasten ausleerte. In der beklommenen Stille zog Katie die Hände in die Ärmel ihres bunten Pullovers und fröstelte. Es war kaum acht und die Sonne stieg gerade über den nebligen Wald. Jetzt berührte das blasse Licht das Jahrmarktfeld und ließ die Buden und Fahnen und Zelte lange Schatten werfen. Alex beobachtete es auch. Sie sah, wie er in die Wärme trat, als fröre er.
Ihr Vater kam mit dem Wirbel heraus. »Taugt er was?«
Der Harfenist drehte ihn in den langen Fingern, sie waren fast zu lang, fand Katie, als hätte das jahrelange Saitenzupfen sie verändert. »Er ist sehr gut«, sagte er düster. Er zog eine Pfundmünze aus der Tasche und streckte sie ihm hin.
»Ach, vergessen Sie's.« Calum schob seinen massigen Körper zur Treppe. »Nicht unter Handwerkern. Ich werde kommen und Ihnen zuhören – nach allem, was man sagt, sollte das Lohn genug sein.«
Alex nickte unglücklich. »Hoffen wir's.« Er gab Katie den halb vollen Becher zurück. »Danke für den Tee.«
Martin sah ihm nach und sagte: »Er ist immer noch nicht in Ordnung.«
»Was hat ihm gefehlt?«, fragte Katie neugierig.
Martin zuckte die Achseln und schaute ihren Vater an.
»Irgendeine Krankheit«, murmelte Calum. »Jetzt ist es vorbei.«

Sie wechselten einen Blick und Katie ärgerte sich, während sie Alex auf seinem Weg zwischen den Zelten nachschaute.
»Er war ein großartiger Musiker.« Martin trank seinen kalten Tee aus. »Ich meine, er war der Beste. Einen wie ihn habe ich nie zuvor gehört. Nicht nur auf der keltischen Harfe, sondern auch auf Pfeifen und Fiedel.« Er zuckte die Achseln. »Ehrlich gesagt bin ich überrascht, ihn wieder hier zu sehen. Aber wenn er spielt, werde ich da sein, und sei's nur um ihn zu unterstützen. So etwas könnte jedem von uns passieren.«
Katie kratzte ihre Ferse. Wenn sie noch einmal fragte, würden sie es ihr immer noch nicht sagen. Aber sie würde es herausbekommen.

Den ganzen Morgen hatte sie im Stand zu tun und sie nahm an, dass Mick arbeitete. Aber um zwei war immer noch nichts von ihm zu sehen, deshalb ging sie allein zu dem kleinen Musikzelt, während ihre Mutter und zwei andere Frauen um einen verbeulten Kessel saßen wie die Hexen in Macbeth und tratschten.
Katie steckte den Kopf ins Zelt und sah, dass es fast voll war. Die Leute saßen auf Bänken oder auf Teppichen an den Seiten, und auf dem Grasfleck in der Mitte standen eine kleine Harfe und eine Sammlung anderer Instrumente. Die Mikrofone waren aufgestellt, jemand klopfte besorgt daran und der scharfe Knall übertönte die gemurmelten Gespräche.
Sie ging wieder hinaus und schaute vergeblich nach ihrem Vater aus, dafür sah sie Alex.
Am Rand des Felds, tief zwischen den Bäumen, dort stand er vornübergebeugt. Als er sich aufrichtete, wischte er sich mit einem Taschentuch den Mund und stützte sich mit

einer Hand auf den Eichenstamm. Erschrocken lief sie hinüber.
»Ist alles in Ordnung?«
Er sah sie an und gleich wieder weg, sein Gesicht war so weiß wie Papier.
»Soll ich jemanden holen? Sind Sie krank?«
Zu ihrer Bestürzung gab er keine Antwort, sondern drehte sich um und ging tiefer zwischen die Bäume. Sie stolperte hinterher. »Wohin gehen Sie? Alle warten auf Sie.«
»Ich weiß.« Er blieb stehen und lehnte sich an einen Baum, dann hockte er sich auf die Wurzeln, senkte den Kopf und ließ die Hände schlaff herunterhängen. Mücken tanzten über ihm in der heißen Luft.
Sie biss sich auf die Lippe. »Ich könnte jemanden holen ...«
»Ich glaube, ich schaffe es nicht.« Jetzt schaute er zu ihr auf und sie sah, dass sein Haar dunkel vom Schweiß war; als er die feuchten Hände ballte, zitterten sie.
Katie wusste nicht, was sie sagen sollte. Verzweifelt schaute sie sich nach ihrem Vater oder Martin um, doch keiner war in der Nähe. Aus dem Zelt hörte man eine Trommel leise und ungeduldig rattern.
»Aber Sie sind großartig. Das sagt jeder.«
»Ich habe Angst.« Grimmig schaute er in die Bäume. »Das ist es.«
Langsam kauerte sie sich nieder und setzte sich neben ihn. Die weichen Brocken feuchter Erde bewegten sich unter ihren Fingern.
In der Stille sagte sie: »Ich heiße Katie.«
»Ich weiß.« Um den Hals trug er eine kleine Metallscheibe an einer Kette; mit beiden Händen griff er danach und drehte den glatten Kreis um und um. »Es ist lächerlich«, flüsterte er. »Ich habe vor vielen Leuten gespielt, in Konzert-

hallen, Pubs, Studios ... Jetzt schau mich an. Das ist Furcht, Katie, so fühlt man sie. Alles andere ist verschwunden.«
Er klang wütend vor Zorn und Beschämung.
Sie versuchte es wieder. »Aber so schlimm ist es doch nicht, oder? Sie müssen an Zuhörer gewöhnt sein. Sobald die Musik beginnt ...«
»... wird mit mir alles in Ordnung sein?« Bitter sah er sie an. »Das ist es ja, was mich ängstigt, die Musik. Ob sie überhaupt da sein wird.«
»Sie haben gesagt, Sie haben es früher schon gemacht.«
»Früher war es anders.« Er presste die Hände an die Stirn und schloss die Augen. »Ich war anders! Seit damals bin ich in der Hölle gewesen. In tiefen, dunklen Löchern ... Das ist das erste Mal, dass ich seither in der Öffentlichkeit spiele. Und ich weiß nicht, ob ich noch gut bin. Sie hat es mir vielleicht genommen.«
»Sie?«
»Jemand, den ich kannte.« Er öffnete die Augen; sie waren dunkel und hatten einen abwesenden Blick. »Zu kennen glaubte.«
Besorgt drehte sich Katie um und beobachtete das Zelt. Wenn nur jemand herauskommen würde. Sie mussten sich inzwischen fragen, wo er war.
»Hören Sie.« Sie kniete sich hin. »Das ist wichtig. Wenn Sie nicht dort hineingehen und sich der Sache stellen, spielen Sie vielleicht nie wieder irgendwo. Wenigstens werden Sie es versucht haben. Sie werden sich besser fühlen. Ich möchte, dass Sie es tun; ich glaube wirklich, dass Sie es können und dass Sie es allen, die dort drinnen warten, schuldig sind. Sie werden Sie nicht beurteilen, sie wollen Sie nur hören, das ist alles.«
Er lächelte beinah. »Jeder beurteilt dich, Katie. Besonders

jetzt. ›Er ist nicht mehr, wie er war‹, werden sie sagen. ›Er hat es nicht mehr drauf, was?‹ Und sie werden lächeln, mitleidig und ein bisschen schadenfroh.«
Sie biss sich auf die Lippe und dachte an Martin. »Sobald die Musik beginnt, werden Sie sie vergessen. Sie werden Ihnen gleichgültig sein. Schauen Sie sich Mick an.«
»Mick?«
»Ein Freund von mir. Er hat bei der Eröffnung am Freitag Flöte gespielt. Er hatte schreckliche Angst, aber er war so viel besser, als er gedacht hatte. Ihr Musiker, ihr seid die reinsten Nervenbündel.«
Unwillkürlich musste er lächeln, während er seine Finger knetete. »Du bist ein großherziges Mädchen, Katie. Bleib beim Du. Aber es ist nicht dein Problem.«
»Mein Vater sagt, wir halten zusammen, wir Jahrmarktleute.«
Einen Augenblick schwieg er, als suchte er etwas tief in sich, so tief, dass er eine Ewigkeit brauchte, um es zu finden. Dann stand er abrupt auf.
Sie ebenfalls. »Bist du okay?«
Er war blass, ruhelos, sein helles Haar dunkel vom Schweiß. »Beobachte mich einfach.«
Als sie hinten im Zelt auf die Bank schlüpfte, rückte ihr Vater weiter, um Platz zu machen. »Ich dachte schon, du schaffst es nicht.«
Die leisen Klänge der Harfe beim Stimmen ersparten ihr die Antwort.
Alex setzte sich. Er schaute nur einmal über die vielen Gesichter. »Danke fürs Kommen«, sagte er. Sein Mund war schmal vor Anspannung.
Er nickte dem Fiedler zu und fing an zu spielen.
Zuerst war er unsicher, selbst Katie merkte das, doch als die

Musik in Schwung kam und mit ihrem Rhythmus den warmen Raum füllte, wurde er zuversichtlicher und schien seine Zuhörer zu vergessen. Die anderen Musiker, Huw und Mark und Ellen – Katie kannte sie alle –, gaben ihm zuverlässigen Rückhalt, und als die Harfe leise ihre schmerzlichste Klage begann, war das ganze Publikum hingerissen, die zarten Töne stiegen zu virtuos vermittelter Trauer an. Der warme Beifall ermunterte Alex, er bekam wieder Farbe ins Gesicht und fing im Dämmerlicht ihren Blick auf. »Das Nächste ist für Katie«, sagte er.

Die Leute schauten sich um, jemand pfiff. Ihr Vater versetzte ihr einen Rippenstoß. »He. Er ist zu alt für dich.«

»Ach sei still.«

Es war schnell und lebhaft, ein walisischer Reel, den sie gut kannte, obwohl sie nicht wusste, wie er hieß, und als er in einem Fiedelschrei endete, war sie überzeugt, dass Alex nichts mehr fehlte, dass er es schaffen würde.

Zuhörer drängten sich durch den Zelteingang. Katie entdeckte Mick dort und Rowan hinter ihm und winkte, aber er sah sie nicht. Doch die Frau lächelte zurück, der Blick ihrer grünen Augen war scharf und belustigt.

Als Nächstes kamen ein paar Songs, die Huw mit kräftiger Stimme vortrug; dann einige längere Stücke und eine gälische Hymne. Alex stockte nur ein Mal, als er zum Eingang schaute. Katie bemerkte es sofort, es war mitten in dem unheimlichen alten Lied »Sie ging über den Jahrmarkt« mit den langen, klaren und seltsamen Tönen irischer Pfeifen, in dem Huw von der Drohung der toten Frau sang, die zu ihrem Liebhaber zurückgekommen war. »Es dauert nicht mehr lange, Liebster«, sang er, »bis zu unserem Hochzeitstag.«

Und die Pfeifen kreischten. Nur einen Ton lang, doch Katie

hörte es und sah, dass Alex Rowan angeschaut hatte, ein verwirrter Blick, der eine Sekunde zu lange gedauert hatte. Er schaute nicht wieder auf.
Als alles vorbei war, kam lauter Beifall. Katie schaute zum Eingang, aber er war leer, und sie runzelte die Stirn. Wo war Mick jetzt? In diesen Tagen schien er immer zu verschwinden.
Sie wartete draußen, bis Martin und die anderen aufgehört hatten, mit Alex zu reden, ihm auf den Rücken zu klopfen und ihn aufzuziehen, dann ging sie ins leere Zelt. Er stand mit den Händen in der Tasche an der Harfe und schaute auf sie hinunter.
»Nicht schlecht«, sagte sie verschmitzt.
Er drehte sich erleichtert um, sein Gesicht war gerötet. »Das verdanke ich dir.«
»Ich habe nichts gemacht. Du warst es.«
Er nickte, als müsste er sich selbst überzeugen. »Ja. Ich.«
Als sie über das Feld gingen und der Wind sein Haar zerzauste, sagte er: »War das Mick, der kurz vor dem Ende mit diesem Mädchen hereingekommen ist?«
Sie nickte.
»Du hast sie Rowan genannt?«
»Ja.«
»Wer ist sie?«
Katie schaute ihn überrascht an. »Ich weiß nicht.«
»Aber Mick kennt sie?«
»Das behauptet sie.«
Aus irgendeinem Grund irritierten sie die Fragen. Sie kauften Eis, und während sie ihres auspackte, sagte sie: »Ich sollte besser zurückgehen.«
Er zögerte und kratzte sich die Wange. Dann bat er: »Katie, zeigst du mir, wo der Kornkreis ist?«

»Was, jetzt?«
»Ja.« Er schüttelte den Kopf. »Solange ich noch Mut habe.«
Sie überlegte, was er meinen könnte, fragte aber nicht. »Dann müssen wir uns beeilen.«
Sie ging voraus. Sie redeten nicht, bis sie den Rasen des Herrenhauses überquert und das Tor am Wald erreicht hatten. Mr Carter kam gerade herausgestürmt, hinter ihm eine junge Frau mit einer Kamera. Er sah erhitzt und wütend aus.
»Hallo«, sagte Katie. »Dürfen wir hinein?«
Micks Vater funkelte sie zornig an. »Hier geht etwas vor und verdammt will ich sein, wenn ich mich so zum Narren halten lasse. Sag das auf dem Feld weiter, Katie!« Er drängte sich an ihnen vorbei und ging durch die Touristenmenge davon.
Alex schaute ihm besorgt nach. »Was meint er damit?«
»Ich weiß nicht. Komm schon.«
Sie gingen am Feldrand entlang. In der Hitze schimmerte das Getreide, die goldenen Halme flüsterten und bogen sich dabei kaum.
Als sie stehen blieben, fragte Alex beklommen: »Wo ist es?«
Doch Katie hatte es vor Überraschung die Sprache verschlagen, ihre Finger waren trotz der Hitze kalt.
Das Getreidefeld war vollkommen, ein goldenes Meer, das sich bis zur Hecke erstreckte.
Der Kreis war verschwunden, so still, wie er gekommen war.

SIEBEN

Er wanderte durchs ganze Land
Bei Tag und auch bei Nacht,
Bis er zu dem am Wasser kam
Und dort die Schöne fand.
ÜBERLIEFERT

Ein breiter Kiesweg endete an einem runden Springbrunnen. Mitten im Spiegelbild der Bäume stand Apollo mit der Leier in der Hand, den anderen Arm ausgestreckt, als würde er nach etwas greifen. Neben ihm spien Delfine schimmernde Wasserbögen, die über das Becken stürzten und in den runden Teich tropften.

Mick saß am Rand und tauchte die Hand hinein.

Er war erhitzt und unruhig. Zu seinen Füßen glänzte die Flöte in ihrem Kasten, doch er konnte sie nicht berühren. Stattdessen betrachtete er das ernste junge Gesicht des Gottes im Wasser. Ihm gegenüber saß Katie mit den Füßen im Teich, der Saum ihres langen Kleides schwamm darin. Sie schaute Mick wütend an. »Hast du auch nur ein Wort gehört, das ich gesagt habe?«

»Ja«, log er.

Sie zog eine Augenbraue hoch. »Nun, es scheint dir nicht viel auszumachen. Denk doch nach, Mick! Wie kann sich ein Kreis aus flachgelegtem Getreide wieder aufrichten, so gerade, dass es nicht den geringsten Schaden gibt? So war es

nämlich. Ich bin direkt hineingegangen und habe es betrachtet. Und diese Lichter, die wir gesehen haben! Etwas geht hier vor – bist du noch nicht mal neugierig, was es ist?«
Er zwang sich zu einem Lächeln. »Na schön! Ich bin neugierig.« Aber das stimmte nicht. Er war verwirrt. Er wollte nicht an die Erdlichter denken, weil ihm dabei immer Rowan auf ihrem weißen Pferd einfiel, die sagte, dass er sie gerufen habe. Er wollte Katie davon erzählen, er wollte es unbedingt, aber wenn er sie jetzt sah, wie sie in der Sonne einen ihrer winzigen Zöpfe neu flocht, konnte er es nicht. Es schien kein Thema zu sein, über das er bei Tageslicht reden konnte.
Und dann war da der Zweig. Wenn er aufmerksam horchte, konnte er dessen Glockenspiel sogar jetzt hören, immerzu klang es in seinem Kopf, wie ein unaufhörliches Echo. Ein einziger, reiner Ton, atemberaubend schön.
»Michael!«
Er fuhr zusammen und schaute auf.
Katie grinste, ihr Zopf war fertig; sein Vater stand da und sah ihn seltsam an. »Hast du es ihnen gesagt?«
Erschrocken merkte er, dass Minuten vergangen waren. Sogar die Schatten waren weitergewandert.
»Wem gesagt?«
Mr Carter stöhnte mit erzwungener Geduld. »Was ist los mit dir? Deiner letzten Gruppe. Dass es in der Teestube besondere Angebote gibt.«
»Oh. Ja.« Verwirrt zuckte er die Achseln. »Ich glaube schon.«
»Nun, keiner von ihnen ist hingegangen.«
Plötzlich hatte Mick genug davon. Er hob die Flöte auf und klappte gereizt den Kasten zu. »Tut mir Leid. Das hat dich wohl einiges von deinem Gewinn gekostet.«

Sein Vater wurde rot vor Zorn. »Mit diesem Gewinn zahlen wir unsere Rechnungen. Vergiss das nicht!«
»Wie könnte ich? Du hörst nie auf, davon zu reden.«
Er ging schnell davon, doch sein Vater sagte: »Du hast immer Geld gehabt, das ist dein Problem. Wenn du es mal verzweifelt brauchst ...«
Wütend drehte sich Mick um. »Warum glaubst du, dass das geschieht?«
»Bei Musikern geschieht es immer! Es ist kein wirkliches Leben ...«
»Für mich ist es wirklich genug!« Mick kochte vor Zorn. Katie beobachtete ihn besorgt, ihre Füße im Wasser waren kalt.
»Du hast überhaupt kein Zutrauen zu mir!«, schrie er. »Du hast keine Ahnung, was ich tun kann ... tun könnte. Du machst mich immer nur fertig, egal was ich tue oder sage! Ich habe es satt, einfach satt. Du hast mich nie spielen hören, stimmt's? Kein einziges Mal!«
Dann war er weg, wütend duckte er sich unter die Eibenzweige.
Katie zog die Füße aus dem Wasser und sprang auf.
»Was ist bloß neuerdings in ihn gefahren?«, murmelte Mr Carter. »Es sieht aus, als könnte er sich nicht überwinden, mit mir zu reden. Glaubt er, die ganze Welt dreht sich nur um ihn?«
Katie schlüpfte in ihre Schuhe. »Ich gehe ihm nach.«
»Du denkst wahrscheinlich, dass er Recht hat.«
»Er will es wirklich ...«
»Ja, Katie, aber es könnte nur eine Phase sein. Ich kann nicht zulassen, dass er sein Leben vergeudet.«
Unbehaglich trat sie von einem Fuß auf den anderen, sie wollte nicht alles noch schlimmer machen.

»Es ist dieser Jahrmarkt«, platzte es gereizt aus ihm heraus. »Dieser scheußliche Jahrmarkt war mir schon immer zuwider. Er bringt alles durcheinander! Jeden Sommer schießt er plötzlich aus dem Boden ohne irgendeine Ordnung, mit all diesen Spinnern, Aussteigern, einem Gesindel von Fremden, und dieses Jahr ist es schlimmer als je zuvor. Natürlich meine ich nicht deine Leute.«

»Nein.« Sie unterdrückte ein Lächeln. »Wenigstens ist der Kornkreis weg.«

»Das ist auch so etwas ...« Aber während er es sagte, erhob sich plötzlich ringsum ein Geräusch, ein tiefes Summen wie von Hunderten schwärmender Bienen.

Katie drehte sich um. »Was ist das?«

Michael Carter fuhr sich durch das verschwitzte Haar. »Diese jämmerliche Lautsprecheranlage ...«

»Dafür sind wir zu weit weg vom Feld. Außerdem ...«, sie fuhr horchend herum, »ist es so nah, als wäre es direkt hier.«

Das Schwirren beunruhigte sie, es schwoll an und ab; ein tiefer sirrender Klang von heißen Feldern und Mücken, vibrierenden Wassertropfen am Beckenrand. Und dann, von einer Sekunde auf die andere, war es weg, das Vogelzwitschern klang seltsam überlaut.

Rowan traf Mick am Eingang ihres Stands. »Ich habe gespürt, dass du kommst.« Sie rieb an einem Ohrring.

Kräuter qualmten in Schalen über einigen Kerzen, ihr beißender Rauch hing in der warmen Luft. Immer noch wütend, schaute Mick zu Boden und fingerte an seiner Flöte herum.

»Du hast nicht gespielt«, sagte sie und schaute ihn scharf an. »Das sieht dir nicht ähnlich. Warum nicht, Mick? Hast du kein Vertrauen zu mir?«

»Ich weiß nicht«, murmelte er und hob Kristallbröckchen auf.
Hinter ihnen erklang laute Akkordeonmusik; eine Gruppe Moriskentänzer begann mit Glockenschlägen ihren Tanz.
»Mach dir keine Sorgen wegen deines Vaters«, sagte sie.
»Ich denke nicht daran.« Nervös schaute er sich um. »Es geht nur ... Kann ich noch eins von deinen Glockenspielen kaufen? Das andere hat irgendwie nicht den richtigen Ton.«
Rowan nickte, ihre Augen waren grün und spöttisch. »Ich verstehe«, sagte sie ernst. »Diesmal wählst du es dann lieber selbst aus.«
Er ging weiter nach hinten ins Halbdunkel, griff hoch und berührte die Glockenspiele und alle klirrten und summten und klimperten und die Töne umschwebten ihn wie der Rauch, sodass das helle Feld draußen vernebelt und fern war. Sie schienen das Grün der Blätter zu bewirken, das Knarren alten Holzes, das langsame Wachstum der Flechten auf den Ästen. Tiefe, schöpferische Klänge sammelten sich um ihn, und die Musik, die er hörte, kam von einer leisen Flöte, weit entfernt und unheimlich, die geheimnisvoll hauchige Weisen spielte, eine wortlose Waldmusik.
Die Geräusche des Jahrmarkts waren schwach; sie kamen ihm jetzt bizarr vor, grell und überscharf und verstimmt. Die Glockenspielklänge waren die Musik, die er sich wünschte, aber noch während er sich danach sehnte, verklangen sie und das Klirren der Moriskenglocken zerrte an seinen Nerven.
Rowan stand dicht bei ihm und hatte eine Hand leicht auf seine Schulter gelegt. »Wähle«, flüsterte sie ihm ins Ohr. Blind nahm er ein Glockenspiel von der Stange und sah im Spiegel ihr Lächeln, ihre schimmernden Mondohrringe, während ihn von allen Spiegeln und Kerzenhaltern des Stan-

des andere Gesichter zwischen Ästen und Ranken höhnisch beobachteten.
Sie nahm das Glockenspiel und wickelte es in violettes Seidenpapier.
»Es war eine gute Wahl, Mick«, sagte sie. »Hab keine Angst vor uns oder vor dem, was wir tun können.« Sie reichte ihm das Päckchen. »Hab viel Freude daran. Wir warten auf dich.«
Der Lärm des Akkordeons quälte ihn. Er legte ein paar Münzen in ihre Hand.
Als er davonging, schnell, um Katie nicht zu begegnen, bemerkte er Alex.
Der Harfenist saß auf einem der Stühle unter den Bäumen; kurz begegneten sich ihre Blicke. Mick schaute weg; sofort rannte er los, bevor der Mann aufstehen konnte, drängte sich durch die Menge unter den Fahnen zum Parkplatz, nur weg.
Den ganzen Nachmittag ging er irgendwo, nirgendwo. Er wanderte über den Rasen und tief in den Wald, durch die Rosenwege und den Kräutergarten, um den See, beobachtete, wie die Enten herabstießen und zu den Kindern schwammen, die sie mit Brot fütterten. Eine Stunde lang saß er im Treibhaus und ließ sich von der Feuchtigkeit durchweichen, während die großen Kakteen still in dem stickigen Schweigen standen und Fliegen in den weiß beschichteten Oberlichtern summten. Und während er da saß, schaute er hinunter auf seine Flöte, die in ihren Samtfalten glänzte.

Alex wartete auf Katie bei der Schmiede.
»Noch mehr Reparaturen?«, fragte sie grinsend, aber als er sie anschaute, wirkte er gedankenverloren, als hätte er sich an weit zurückliegende Dinge erinnert.

»Ich wollte mit dir reden.«
»Fang an.« Sie setzte sich ins Gras und verscheuchte Bienen.
Er hockte sich neben sie.
»Ist Rowan schon früher auf diesem Jahrmarkt gewesen?«
Sie zuckte die Achseln. »Schon wieder sie. Ich glaube nicht. Dieses Jahr sind viele neue Leute da.«
Er nickte und zerpflückte mit seinen langen Fingern Gras. »Es ist mir aufgefallen. Fremde. Jongleure. Akrobaten. Immer sind sie in der Nähe, immer hören sie zu.«
Neugierig fragte Katie: »Du kennst sie, nicht wahr? Sag, bedeutet sie irgendwie Ärger?«
Er stand auf, als hätte sie ihn erschreckt. »Ich habe es dir schon gesagt. Die ich kannte, war anders – sie hatte lange Haare, sie war älter. Zuerst war sie älter. Es ist nicht dieselbe Frau. Das kann nicht sein.«
Er drehte sich um, doch fast sofort fuhr er wieder herum, die Sonne blinkte auf der kleinen Metallscheibe an seinem Hals. »Katie, was wünscht sich Mick am meisten auf der Welt?«
Sie lachte. »Ein Musiker zu sein natürlich.«
Er schwieg.
»Da ist etwas, das du mir nicht sagst.«
Ihre Blicke begegneten sich.
Der Harfenist sah müde aus. In seinen Augen las sie eine Sehnsucht, die sie ängstigte.
»Warne ihn«, flüsterte er. »Sag ihm, so leicht soll es nicht sein.«

Mick schlug das Tor hinter sich zu.
Im Licht des Spätnachmittags waren die Baumschatten lang; am Rand des Kornfelds lag schon Nebel. Die große goldene Fläche erstreckte sich vor ihm; rücksichtslos stürzte er sich hinein.

Diesmal ging er achtlos geradeaus, drängte sich durch das brusthohe Getreide, stolperte über Furchen, brach die steifen Halme ab, bis um ihn herum das Korn flüsterte und wogte und in Aufruhr geriet, und er fühlte sich abgeschnitten von der Welt, von dem Jahrmarkt mit seinen grellen Geräuschen und Farben. Über seinem Kopf kreisten und kreischten Hausschwalben.

Er nahm die Flöte aus dem Kasten. Sie war heiß, genau wie seine Hände, die Dampfstreifen hinterließen, als er das Mundstück aufsetzte, es drehte und an die Lippen hob. Die warme Berührung störte ihn.

Dann endlich erlaubte er sich zu spielen, einen langen Triller der Erleichterung, und alle Töne pfiffen heraus, ein schneller, wilder Wutausbruch, musikalisch so vollendet und zuversichtlich, dass sein Herz raste vor so viel Kraft und Angst davor. Er war es, der spielte, das wusste er; nicht der alte nutzlose Mick, der seine Finger nervös aufsetzte – das war der wirkliche Mick mit der verborgenen Fähigkeit, die er immer gehabt hatte und nie zu gebrauchen wagte, mit einem heftigen, grausamen Talent, das in ihm brannte. Irgendwo rundum waren auch Mitspieler; Pfeifen und Fiedeln und Hackbrett und Trommeln erklangen in Harmonie, alle stiegen zu einer Wildheit an, von der die gebackene Erde bebte. Das Korn regte sich; es wogte und schimmerte und tanzte mit ihm. Während er es betrachtete, verwandelte es sich in die Zauberfiguren der Musik, ein großes Liedermuster, das sich von seinen Füßen in Ringen und Bögen und Spiralen bis zu den Hecken ausdehnte; eine elektrische Energie, von der sich die Haare an seinen Armen sträubten. Er wusste, dass er das machte, dass er es bewirkte, und so schloss er die Augen und spielte weiter mit ihnen allen in die Dunkelheit, in die Nacht hinein, und erst Stunden später stand er da und

merkte, dass die Musik aufgehört hatte und die Energie verschwunden war.
Er stand unter einem Himmel voller Sterne und schaute auf zum Mond, einem schmalen gelben Mond, der über ihm aufstieg.
Erschöpfung überwältigte ihn. Er fühlte sich ausgelaugt, seine ganze Kraft war verbraucht. Es strengte ihn sogar an, den Kopf zu drehen.
Rundum bis weit in die Finsternis lag das Korn flach in wilden Mustern am Boden, in Spiralen, großen geometrischen Figuren. Über dieser Stille flatterten Motten, und ein paar Fledermäuse rasten irrwitzig am violetten Himmel, im Zickzack jagten sie unsichtbare Käfer.
Dahinter in den Hecken und oben in den Bäumen, auf Baumstümpfen und im Korn grinsten all die Fremden vom Jahrmarkt ihn an, Gruppen winziger grotesker Männer, schöne Mädchen, seltsam gekleidete Harfenisten und Jongleure und Trommler und hinter ihnen hässliche Gestalten, Verkrüppelte, die sich in den Schatten verloren.
Zwischen ihnen stand Rowan groß wie eine Königin, ihr Kleid war dunkelblau und mit Sternen übersät. Als er sie sah, lachte er und sie lachte mit ihm, voll und befreit.
»Willkommen bei den Heerscharen der Lüfte, Mick«, sagte sie.

TEIL ZWEI

Die Heerscharen der Lüfte

ACHT

Wo bist du gewesen, Lord Randal, mein Sohn?
Und wo warst du, Jüngling, so schön anzusehn?
ÜBERLIEFERT

Im halbdunklen Zelt flackerten nur die Kerzen, die in einem Bogen angeordnet waren; ihre winzigen Flammen beleuchteten eine Gesichtshälfte des Märchenerzählers.

»Vor langer Zeit«, sagte er, »wurde ein Mann gewählt. Er musste jung sein und er musste schön sein. Früh im Jahr, wenn der Boden nach dem Winter hart und kalt war, hatte er die Aufgabe, die ersten Samen zu pflanzen. Er war dem Land geweiht. Er wurde zum Kornkönig gekrönt.«

In der Menge regte sich jemand. Katie zog die Knie hoch, der Schottenschal lag warm um ihre Schultern. Der süße klebrige Geruch der Doughnuts wehte von draußen herein.

Der Geschichtenerzähler war ein junger Mann mit scharf geschnittenem, wachem Gesicht. Er schaute auf sein Publikum, das im Schatten saß. »Im Frühling, als die grünen Halme wuchsen, lebte der Kornkönig im Luxus. Alles, was er sich wünschte, konnte er haben. Die schönsten Kleider. Sachen aus Leinen, Seide und Satin. Die leckersten Speisen und Weine. Die besten Harfenisten, die für ihn spielten. Ein großes Haus, das ihm allein gehörte. Und während es dem Mann wohl erging, gedieh das Korn; es wurde hoch und

gelb und stark. Sie waren eins. Ihre Schicksale waren miteinander verbunden.«
Er hielt inne. Eine leichte Brise bewegte die Plane. Draußen auf dem dunklen Feld prasselten Lagerfeuer; jemand kicherte, das leise Gespött lenkte Katie ab. Sie kratzte sich an den nackten Zehen.
Die Augen des Geschichtenerzählers leuchteten hell in einer Maske aus Flammenschein und Schatten. Seine Stimme war jetzt leiser, drohender.
»Schließlich war das Korn bereit. Alle Stämme sammelten sich zur Ernte, das kostbare Getreide würde sie im kalten Winter am Leben erhalten. Der Kornkönig wurde herbeigebracht.
Die auf ihn wartete, war alt; sie war der Tod und der Winter, die ganze Härte der kalten, gefühllosen Erde. Sie trug eine Sichel aus geschärftem Stein. Jugend und Alter, Sommer und Winter standen sich gegenüber.
Und der Kornkönig wurde dort im Korn erstochen, sodass sein rotes Blut zurückfloss in die Erde, tief in die Furchen, und sie bereicherte. Auch das Korn wurde geschnitten. Die Ernte war vorbei.
Im nächsten Jahr würde ein neuer Kornkönig gewählt werden und aus dem Tod des Einen würde neues Leben entstehen. Doch die letzte Garbe wurde aufbewahrt, denn in ihr lebte der Geist des Korns. Sie wurde zu einer seltsamen und gesichtslosen Figur geknotet und geflochten. Und sie wurde bis zum nächsten Jahr sicher aufbewahrt.«
An einem Finger schwang er das Kornpüppchen. Katie wusste, dass es auf dem Jahrmarktfeld einen Stand mit solchen Püppchen gab.
Einen Augenblick herrschte Stille. Dann klatschte die Menge verhalten. Zuhörer streckten sich, manche wechsel-

ten die Plätze. Ein paar Bierdosen wurden knackend geöffnet.
Steif stand Katie auf und humpelte nach hinten. Es gab noch mehr Darbietungen, aber sie war müde und gähnte. Einigen Leuten murmelte sie Gute Nacht zu, dann war sie an der Türklappe und drängte sich hindurch in die warme Nacht. Jemand holte sie ein.
»Hallo.«
Es war Sandy.
»Hallo!« Fast automatisch schaute sich Katie nach dem Baby um.
Die junge Frau kicherte. »Anna ist nicht hier. Michael ist ihr Babysitter. Wird ihm gut tun, ein paar Windeln zu wechseln.«
Katie grinste. Sandy sah jung aus mit ihrem wehenden langen glatten Haar.
»Du bist nicht oft hier auf dem Feld.«
»Oh, an den meisten Nachmittagen schiebe ich Anna im Kinderwagen herum und schaue den Tänzern zu, aber ein freier Abend ist mal eine nette Abwechslung.« Sehnsüchtig sah sie zu dem Doughnutstand mit seinem Gebrutzel hinüber. »Wie wär's mit einem Doughnut?«
Katie dachte an ihr Abendessen, das im Wohnwagen auf sie wartete. »Na schön.«
Sie schlenderten ans Ende einer kurzen Schlange. Das Jahrmarktfeld war dunkel, nur wenige Buden waren mit Lichtergirlanden erleuchtet oder mit Petroleumlampen, die hinter den Planen brannten.
»Diese letzte Geschichte war unheimlich«, sagte Sandy.
Katie nickte. »Eine traditionelle Erzählung.«
»Wer hätte das gedacht!«
»Nein, ich meine, hier auf dem Jahrmarkt. Sie wird jedes Jahr erzählt. Wegen des Rituals.«

Sie kamen ein paar Schritte voran. Dann fragte Sandy beiläufig: »Wo ist Mick?«

Katie zuckte die Achseln. »Wer weiß?« Sie hatte es ruhig sagen wollen, doch selbst sie hörte den Groll heraus. Sandy sah sie neugierig an.

»Ach, es ist nur, weil er mir aus dem Weg geht. Seit Tagen habe ich nicht richtig mit ihm gesprochen – seit es wieder mit den Kornkreisen angefangen hat. Anscheinend ist er immer mit Rowan und ihren Freunden zusammen – die meisten von ihnen sind komische Typen. Oder er macht Musik. Er spielt überall mit – bei jedem schottisch-irischen Scheunenabend, jeder Session, nie scheint er aufzuhören. Ich finde das ja gut, aber«, wieder zuckte sie die Achseln und zog den Schal hoch, »er kommt mir wie besessen vor.«

Sandy bezahlte die Doughnuts. Sie waren heiß und zart, wunderbar klebrig. Nach einem großen Bissen wischte sie sich Zuckerklümpchen von den Lippen.

»Ich habe mich gefragt, was er vorhat. Ich werde ihm sagen, er soll langsam machen. Beim Frühstück ist mir aufgefallen, wie spitz er aussieht; er hat Mahlzeiten ausgelassen. Zu viel ungesunder Fraß.« Sie kicherte und biss wieder zu.

Katie nickte. Nicht weit entfernt war Alex mit einer Fiedel aus dem Bierzelt gekommen und schnell in die Budengassen ausgewichen.

»Wer ist das?« Sandy hatte ihn ebenfalls bemerkt.

»Noch einer, der mir aus dem Weg geht.« Katie schleckte sich die Finger ab. »Danke für den Doughnut. Aber ich gehe besser nach Hause.«

»Wird dir auch nichts passieren?« Sandy schaute sich auf dem dunkelnden Jahrmarkt um. »Es überrascht mich, dass Jean dich nachts rumlaufen lässt.«

Katie strich sich die Haare zurück. »Das ist unser Jahrmarkt. Wir kennen einander.«
Aber als sie vom Feldrand aus winkte und in die schwach sichtbare Fahnengasse einbog, fragte sie sich, ob das noch stimmte. Alex hatte Recht. Etwas geschah mit dem Jahrmarkt. Es gab zu viele Fremde – zu viele Menschen hier bei Nacht, Lagerfeuer, die aufflammten und erloschen, Musiker, die niemand kannte. Seit Tagen waren sie angekommen, bis plötzlich das Feld von fremden Gesichtern zu wimmeln schien. Sehr sonderbare darunter.
Sie überquerte den düsteren Parkplatz, öffnete das Tor und ging den Weg entlang. Ein langes gelbes Band war an Stöcken gespannt worden; jetzt flatterte es lose, doch sie kannte den Weg auch im Finstern. Die Wohnwagenlichter leuchteten durch die Bäume vor ihr.
Der Pfad senkte sich in eine Mulde. Hier waren gewöhnlich blaue Glühbirnen aufgehängt, doch heute Nacht schienen sie nicht eingeschaltet zu sein.
Die Mulde war dunkel und ein wenig steil.
Katie machte zwei Schritte. Dann blieb sie stehen.
Zwischen ihr und dem Wohnwagenplatz stand das Gehölz wie eine schweigende Versammlung von Bäumen.
Sie holte langsam Luft. Schweiß kribbelte in ihrem Nacken. Die Bäume warteten auf sie.
Sie wusste, dass ihr Unbehagen albern war. Sie konnte die Wohnwagenlichter sehen, doch der Wald wirkte wie eine plötzliche dunkle Bedrohung; sogar als sie sich zum Weitergehen zwang, wusste sie das. Etwas raschelte. Über ihr ertönte ein leiser, kunstvoller Pfiff.
Katie schluckte und wanderte weiter. Die Bäume standen dicht; es waren zu viele, mehr, als es eigentlich sein sollten. Als sie zu den Lichtern kam, starrte sie ungläubig auf sie hinunter.

Sie leuchteten nicht in den Wohnwagen.
Ein Kreis aus Glühbirnen lag auf dem Waldboden wie eine Karikatur der Kornkreise; die Lichter, die den Pfad beleuchten sollten, waren heruntergerissen. Grün und rot und blau lagen sie da und warfen ihr grelles Licht auf Baumwurzeln, Farne und verstreute kleine weiße Gegenstände; Kate bückte sich und sah schaudernd, dass es Knochen waren. Dünne, sauber abgenagte Knochen.
Etwas lachte an ihrer Schulter.
Sie drehte sich um. Grausige Gesichter starrten sie an, sie hatten krumme Nasen, schielende Augen, Haare wie schwarzes Stroh. Rundum schaukelten und lachten unzählige von ihnen, ihre Augen funkelten.
Entsetzt, mit verkrampften Händen stand Katie wie angewurzelt.
Sie brauchte lange, doch schließlich streckte sie die Hand aus; sie zwang sich, ein Gesicht anzufassen, das sich an einer Schnur drehte. Ihr Rücken war eisig vor Schweiß.
Alle Masken schauten sie an. Hinter ihren Augenschlitzen war nichts als Finsternis.
Plötzlich rannte Katie los, sie raste den Pfad entlang und um sie herum knackte und kreiste etwas, das sie fast gegen den ersten Wohnwagen zu schleudern schien, den der Frobishers mit seinen bemalten Rädern.
Da blieb sie atemlos stehen und schaute zurück in den aufgewühlten, rauschenden Wald.
Angst war auf dem Jahrmarkt eingedrungen. Langsam hatte sie sich angeschlichen, doch jetzt war sie da. Katie spürte sie in ihrem Herzen hämmern, in allen Bäumen, die mit den spöttischen, wirbelnden Gesichtern behängt waren.
Erst später in der Nacht, als sie sich in einem unruhigen Schlaf zusammengerollt hatte, kam die erstaunliche Erinne-

rung an die Oberfläche, riss sie aus dem Schlummer und ließ sie hellwach an die düstere Decke starren.
Das Kabel mit den Glühbirnen war heruntergerissen, die Stromversorgung unterbrochen worden.
Und doch hatten alle Glühbirnen geleuchtet.

»Das schaffst du«, sagte Rowan beschwörend.
Mick schaute zweifelnd hinauf zu den Fenstern der Wohnung hoch oben im Ostflügel. »Ich will es versuchen.«
Sie tippte ihm auf den Arm. »Jetzt. Sag es ihm. Wir wollen dich bei uns haben.«
Er wandte sich ab und ging ins Haus. Auf dem ganzen Weg durch die Korridore und die große Treppe hinauf spürte er sie noch bei sich zwischen den schwach beleuchteten Schalen mit Lavendelblüten: ein Schatten irgendwo vor ihm, den er in Fenstern und Bilderglas und Spiegeln erspähte, und als er am Damastzimmer vorbeiging, sah er sie dort im Mondlicht, wie sie entzückt die langen Falten der Seidenvorhänge am Himmelbett durch die Hände gleiten ließ.
Leise öffnete er die Wohnungstür.
Sein Vater saß vor dem Fernseher, die Füße auf dem Couchtisch. Vielleicht hatte er geschlafen; jetzt schaute er teilnahmslos zu Mick hinüber, der sich am Kühlschrank etwas zu trinken eingoss.
»Du warst nicht beim Abendessen.«
»Ich hatte auf dem Feld zu tun.« Mick log, aber das war ihm egal. Plötzlich war er selbst zum Denken zu müde und so durstig, als hätte er seit Tagen nichts getrunken. Er stellte das Glas auf den Tisch und drehte sich um.
»Ich mache eine Zeit lang keine Führungen mehr.«
Sein Vater starrte ihn an. »Was!«

»Ich habe viel zu tun. Sie bringen mir alles bei, Akkordeon, Flöten, Pfeifen. Es gibt so viel zu lernen.«

Mühsam setzte sich sein Vater auf, er war wütend, aber bevor er etwas sagen konnte, war Mick draußen, schlug die Tür zu und hörte den schrillen Knall schmerzhaft in seinem Kopf gellen. Während er durch den Korridor stolperte, wusste er, dass jetzt alles seine eigene Musik hatte. Warum hatte er sie früher nicht bemerkt, die kreischenden Quietschtöne der Bretter, die winzigen abfallenden Akkorde des Wassers, das er sich ins Gesicht spritzte?

Er öffnete das Fenster in seinem Zimmer und schaute hinunter, die Hände aufs Sims gestützt.

Vom Rasen schaute Rowan zu ihm herauf, sie war mit gestohlener heller Seide aus dem Damastzimmer bekleidet, in ihrem Haar funkelte Silber.

»Alles erledigt?«, flüsterte sie.

»Alles erledigt.«

Einige der anderen sammelten sich um sie, schweigend kamen sie von nirgendwo. Er kannte sie jetzt alle und hörte lächelnd das Piepsen beim Einstimmen der irischen Pfeifen.

Müde drehte er sich um und legte sich ins Bett.

Die ganze Nacht klimperten die sieben Glockenspiele über seinem Kopf durch seine Träume.

NEUN

So kalt wie Lehm ist meine Brust,
Mein Atem riecht nach Modergrund
Und deine Tage sind gezählt,
Küsst du mich auf den kalten Mund.
ÜBERLIEFERT

Der Bus war voll. Sonst, überlegte Katie, würde sich Alex nicht neben sie setzen. Sie lächelte insgeheim und schaltete ihren Walkman aus. Jetzt war ihr der Harfenist mindestens zwanzig Minuten lang ausgeliefert. Zeit genug, jede Menge Antworten von ihm zu bekommen.

Alex schien das ebenfalls zu denken. Er setzte sich und stellte einen Rucksack zwischen seine Füße.

»Hast du eingekauft?«, fragte er leise.

Sie klopfte auf die Plastiktüte. »Geburtstagsgeld. Ich dachte, ich könnte es in der großen Stadt ausgeben.« Sie grinsten beide. Marlbury bestand aus nicht viel mehr als einer Straße.

Der Bus kam ratternd in Fahrt und schwenkte aus der Haltebucht.

»Und du?«, fragte sie.

Er wandte den Blick nicht vom Gang. »Krankenhaus. Ich bin immer noch ambulanter Patient.«

Sie nickte und versuchte nicht zu neugierig auszusehen. »Allgemeines Krankenhaus?«

Er zögerte. Dann sagte er: »St. Martin.«
Das brachte sie zum Schweigen. St. Martin war eine psychiatrische Klinik. Sie schaute ihn von der Seite an und fragte sich, ob sie es nach diesem Panikanfall vor dem Zelt hätte wissen müssen. Eine Art Zusammenbruch also. Ein paar Bemerkungen von Martin Frobisher fielen ihr ein.
Vor dem Fenster rasten die Felder mit ihrem reifen Getreide vorbei. Auf einigen Farmen hatte die Ernte schon begonnen, die Frucht stand in großen Rondellen und Scheiben, enorme Räder der Vegetation, die unter dem blauen Himmel seltsam wirkten. Dahinter erhoben sich die Kalkberge mit ihren Buchen und Hügeln.
Alex wies auf den Walkman. »Lass dich nicht von der Musik abhalten.«
»Keine Angst.« Sie schüttelte lächelnd den Kopf.
Im Bus war es heiß; eine Fliege stieß gegen das Glas. An der nächsten Haltestelle stiegen drei Wanderer ein mit riesigen Rucksäcken; sie legten sie ins Gepäcknetz und blieben schwankend stehen, während der Bus durch die enge Straße fuhr.
Katie betrachtete nachdenklich ihr Spiegelbild. Sie wollte mehr über Alex wissen, aber das hier war kein guter Ort dafür. Sie beobachtete ihn im Fenster. Er starrte leicht verlegen vor sich hin und sie sah, wie er nach der kleinen Scheibe an der Kette griff und sie in den Fingern drehte, als würde ihn diese Angewohnheit beruhigen.
»Es muss anstrengend für dich sein«, sagte sie.
»Was?«
»Der Jahrmarkt. Das Zurückkommen.«
»Von der Musik lebe ich«, murmelte er und sagte dann: »Katie, bitte …«
»Auf dem Jahrmarkt stimmt etwas nicht.« Eindringlich

wandte sie sich ihm zu, froh, dass sie es jemandem sagen konnte. »Und das gilt auch für Mick. Er verwandelt sich in einen Fremden, zieht sich von uns zurück. Ich glaube, du weißt, wer Rowan ist, und ich finde, du solltest es mir sagen. Du schuldest mir einen Gefallen.«

Er schwitzte, vielleicht von der Hitze. Gereizt fuhr er sich mit dem Handrücken übers Gesicht. Zwei Frauen, die vor ihnen saßen, tratschten laut; Blätter stoben wie eine Warnung am Fenster vorbei.

Dann sagte er: »Schau mal. Bei dem, was mir passiert ist, weiß ich nicht mehr, ob ich das meiste davon geträumt habe, halluziniert oder sonst was. Ich habe es ihnen nie erzählen können, nicht richtig. Diese Ärzte, diese Analytiker mit ihren Titeln und Therapien und Tests, was wissen die schon über die Musik, wie sie einen auffrisst, was man dafür tun würde?«

Katie schwieg.

»Die Leute auf dem Jahrmarkt, die wissen es. Du weißt es, in gewisser Weise.«

»Ich bin kein Musiker.«

»Aber dein Freund ist einer.« Er drehte die Scheibe und sah so erregt aus, dass sie ihm schon sagen wollte, es sei nicht wichtig. Aber bevor sie den Mund aufmachte, redete er wieder, seine Stimme war leise.

»Es begann vor Jahren. Ich wollte spielen, aber wir konnten den Unterricht nicht bezahlen. Deshalb lernte ich von Freunden, ging zu einem Folkclub, kam in eine Band, das Übliche. Ich war ehrgeizig; ich wusste, dass ich gut sein konnte, aber ich glaubte nie wirklich an mich, nicht als Komponist und nicht als einer von denen, die man brillant nannte und unbedingt hören wollte, auch wenn sie meilenweit entfernt auftraten. So wollte ich sein, mehr als alles andere, aber ich glaubte nie, dass ich es schaffen würde. Bis ich sie traf.«

Katie sah ihn an. Seine Augen schauten in die Ferne, in die Erinnerung.

»Sie hatte langes schwarzes Haar, eine wirre Mähne. Ich arbeitete damals in einem Gartencenter, und ich hasste es. Eines Tages war mir alles zu viel. Ich hatte es satt und war verzweifelt, fast krank vor Hoffnungslosigkeit. Ich schaute auf und da stand sie, an einem Springbrunnen. Auf dem Weg dorthin hätte sie an mir vorbeigehen müssen, aber das hatte sie nicht getan. Sie war einfach erschienen. Ich glaube, ich wusste von Anfang an, dass sie nicht sterblich war, nicht wirklich wie wir anderen.«

Katie lachte beklommen. »Nicht sterblich?«

»Nein.« Er war bedenklich ruhig.

Die Sonne brannte durchs Fenster auf ihren nackten Arm, doch sie merkte es kaum. Der Bus fuhr wieder hinaus auf die Hauptstraße.

Alex sagte: »Ich weiß, was du denkst, aber ich bin nicht verrückt. Sie haben viele Namen. Sie nennen sich Heerscharen der Lüfte, die Sidhe, der Mitternachtsrat. Sie führt sie an. Sie kann Großes vollbringen, Katie. Sie haben mich gelehrt zu spielen wie ein Zauberer; ich konnte alles. Manchmal hatte ich Angst, zur Harfe zu greifen, so fantastisch war die Musik. Ich verließ alles, meinen Job, die Familie, Freunde. Ich aß nicht, ich schlief nicht. Nichts war mir wichtig außer der Musik. Ihre Musik. Ich gehörte ihr.«

Der grelle Sonnenschein war sengend. Katie hob die Hand, um ihr Gesicht zu beschatten. »Aber das war nicht Rowan«, flüsterte sie. »Oder?«

Er schaute sie an, dann an ihr vorbei, und machte plötzlich große Augen. »Wir haben die Haltestelle verpasst!«

Er sprang auf und drückte den Halteknopf.
Der plötzliche Stimmungswechsel versetzte ihr einen Schock. Eine Sekunde lang war sie verwirrt, dann fand sie in die Gegenwart zurück und angelte nach der Plastiktüte, die unter den Sitz vor ihr gerutscht war.
Als sie zur Tür kam, sagte der Busfahrer achselzuckend zu Alex: »Tut mir Leid. Hinter mir ist ein Sattelschlepper und ich kann nirgendwo ausweichen. Sie müssen warten bis zur Kreuzung.«

Als der Bus davonfuhr, standen sie auf einer kleinen Grasinsel bei einem Telefonhäuschen. Hinter ihnen führte ein Weg zwischen unbeschnittenen Hecken zurück; rechts und links zog sich die Hauptstraße weiter, Wagen rasten vorüber.
»Wir müssen zu Fuß gehen. Gib mir deine Tüte.«
Sie gab sie ihm; er stopfte sie in den Rucksack. »Tut mir Leid«, murmelte er. »Das war mein Fehler.«
»Ich habe es auch nicht gemerkt.«
Sie wollte unbedingt mehr herausbekommen, doch der Verkehr war zu laut, sie konnten einander kaum verstehen. Sie gingen die Hauptstraße entlang, Alex voraus, den Autos entgegen. Hier gab es keinen Gehsteig, nur eine Hecke mit Nesseln, an denen sie sich verbrannten. Hupen heulten. Katies Haare wehten wild im Fahrtwind.
»Es ist zu gefährlich«, schrie sie.
Er zuckte die Achseln. »Was können wir sonst tun?«
Sie waren über eine Meile von den Haupttoren von Stokesey entfernt, wo die Bushaltestelle war. Lastwagen ratterten an ihnen vorbei und ließen den Asphalt beben; Lärm, Staub und Abgasgestank waren unerträglich. Die Geschwindigkeit und Nähe der Wagen betäubten Katie zuerst, aber dann

scheuchte eine Lastwagenkolonne sie fast in den Graben. Alex drehte sich besorgt um. »Okay?«
»Wir werden noch überfahren, wenn wir so weitergehen!«
Sie schaute auf. Die Hecke hatte jetzt einer Steinmauer Platz gemacht, die hoch, aber nicht glatt war.
»Das ist die Gutsmauer!«, rief sie. »Komm, wir klettern darüber!«
Er wich zurück, als ein roter Wagen vorbeisauste. »Na schön. Du zuerst.«
Sie hielt sich an den Steinen fest, steckte den Fuß in eine Spalte und zog sich grinsend hoch. Das war besser, das war ein Abenteuer.
Ein Wagen hupte. Sie achtete nicht darauf, kletterte hoch, schwang die Beine über die Mauer und duckte sich unter die überhängenden Äste einer Lärche. Dann rutschte sie vorsichtig hinunter und sprang schließlich durch dichte knackende Zweige.
Sofort war es stiller. Im Duft von Pinienharz und Moos konnte sie tief atmen.
Der Rucksack landete mit einem Plumps neben ihr. Alex ließ sich unbeholfen von Ast zu Ast herunter, er rutschte an der Mauer entlang, fiel und stand auf. Sie grinsten einander an, dann kicherte Katie.
»Es ist jedenfalls besser, als überfahren zu werden.«
»Viel besser.«
»Sind deine Hände okay?«
Er rieb sie aneinander. »Harfenistenhände sind zäh.«
Katie zog sich einen Zweig aus dem Haar und schaute sich um. »Gut. Und wo sind wir?«
Sie standen in einem düsteren Gehölz von Nadelbäumen und Lärchen, die bis dicht an die Mauer wuchsen. Der Boden war weich und elastisch, die Nadeln bildeten eine hohe

braune Matratze und zwischen den Stämmen gab es kein Unterholz. Katie ging voraus und hielt sich mehr oder weniger parallel zur Straße. Alex schulterte den Rucksack und folgte.

Eine Zeit lang schwiegen sie, bis der Straßenlärm abgeklungen war. Dann fragte sie: »Erzählst du mir den Rest?«

Er schaute sie an. »Du gibst nicht auf, was?«

Katie wickelte eine Strähne um einen Finger. »Wenn du nicht willst ...«

»Natürlich will ich nicht.« Es klang wütend. Als er weiterredete, wusste sie, dass er es schleunigst hinter sich bringen wollte.

»Es gibt nicht mehr viel zu erzählen. Ich lebte einen Traum. An das meiste erinnere ich mich noch nicht einmal. Konzerte, Festivals, die Musik in meinem Kopf hörte nie auf. Wie die vom Zweig.«

»Von was?«

Wenn er es hörte, ließ er es sich nicht anmerken, er bückte sich tief unter die Äste. »Und dann bin ich aufgewacht. In einem klaren Moment.«

Er stieg über einen umgefallenen Baumstamm, der faulte und zerfiel, und ging so rasch weiter, dass Katie kaum mitkam.

»Es war eines Nachts nach einem Auftritt. Sie war mit den anderen draußen; dieses eine Mal hatten sie mich allein gelassen. Ich konnte ihr Lachen hören. Ich dachte, alle Zuhörer seien schon gegangen, aber als ich aufschaute, war noch jemand da, eine schattenhafte Gestalt in der dritten Reihe. Er war älter, irgendein Kirchenmann, und betrachtete mich aufmerksam. Schließlich kam er zur Bühne. Ich räumte auf und versuchte, nicht auf ihn zu achten, aber sobald er redete, durchdrang mich eine Art Stille, als wäre etwas verschwunden, eine schrecklich gespannte Blase geplatzt. Er sagte nur: ›Sohn, was tust du dir an?‹

Das war alles. Aber er klang so gütig, Katie. Und plötzlich wurde mir klar, dass seit Jahren niemand so mit mir gesprochen hatte.«

Abrupt blieb er stehen und legte eine Hand an einen Baumstamm. »Ich schaute auf und sah mein Gesicht, das sich im Glas hinten an der Bühne spiegelte, und erkannte mich kaum. Ich war so dünn, so ausgelaugt. Da wusste ich, dass ich immer weniger wurde, dass sie die Energie aus mir sog, sich von mir ernährte. Ich konnte sie durch den Spalt in der Tür sehen mit ihrem schwarzen, glänzenden Haar, ihren roten, vollen Lippen. Sie war jünger geworden. Ich war überzeugt, dass sie jünger geworden war.«

Katie schüttelte den Kopf. Sie wusste nicht, was sie glauben sollte. Sanft sagte sie: »Was hast du gemacht?«

Alex ging langsamer weiter. Die Nadelbäume waren hier dunkler; Fliegen stiegen in Wolken hoch. »Der Priester gab mir das. Er drückte es mir einfach in die Hand. ›Ich werde für dich beten‹, sagte er und ging.«

Die Finger des Harfenisten drehten die Scheibe an seinem Hals. »Es ist Eisen. Sobald sie zurückkam, spürte sie es und der ganze Zauber fiel von ihr ab. Ich sah sie richtig, sah, dass sie schön und kalt war, dass sie überhaupt nichts Menschliches hatte.«

Er streifte die unteren Zweige. »Ich kann dir nicht alles erzählen. Es war die Hölle, aber ich kam frei. Es kostete mich fast meinen Verstand, weil alles, was ich wollte, die Musik war, und so ist es immer noch. Du bist nie wirklich in Sicherheit …«

Katie berührte ihn am Arm und er zuckte zusammen, als hätte er sie vergessen. Sie blieb stehen und schaute ihn an.

»Ist das die Frau, die Mick getroffen hat?«
»Nein.« Entschieden schüttelte er den Kopf. »Sie ist anders.«
»Aber wenn das stimmt, was du sagst, könnte sie wie jede andere aussehen.«
»Es kann nicht sein. Ich würde es wissen.« Er drängte sich an ihr vorbei und ging weiter.
»Vielleicht weißt du es«, sagte sie.
Er drehte sich zu ihr um und schwieg.
Nach einer halben Stunde kamen sie an einem schmalen Pfad vorbei, der zu Toms Häuschen führte. Jetzt wusste Katie, wo sie sein mussten, obwohl sie diese Ecke des Guts nicht kannte. Es war still hier unter den Bäumen bis auf leise Musikklänge, die ihnen entgegenwehten, sie kamen wohl vom Jahrmarktfeld. Alex schien sie kaum zu hören, er war in alte Erinnerungen versunken.
Dann traten sie in eine dunkle Lichtung, die nach etwas Totem stank. Katie drückte angeekelt die Hand auf den Mund. »Oh Gott, schau dir das an.«
Das Fuchsfell war gespannt und an eine große Eiche genagelt worden. Darüber hingen andere gräuliche Dinge, die einmal Vögel, Elstern oder Krähen gewesen sein mochten, jetzt aber verfaulte Klumpen von Knorpel und Federn waren, von Hunderten schwarzer Fliegen umschwärmt, die in einer zischenden Wolke aufflogen.
Sofort schaute Alex zurück, als wüsste er, dass sie in eine Falle geraten waren. Der Pfad war verschwunden. Alle Bäume schienen sich zusammenzudrängen.
Es war düster hier. Zarte weiße Gewächse sprossen aus dem schwammigen Boden, als würde darunter Faulendes vermodern.
Katie schaute sich um. »Ich hätte nicht gedacht, dass Tom so etwas macht.«

»Nicht Tom.« Der Harfenist war angespannt, als würde ein alter Albtraum sich seiner wieder bemächtigen.

Sie ging weiter und sah hinter ihm eine Öffnung.

Es war ein schwarzer Krater zwischen aufgerichteten Steinen; zuerst hielt sie ihn für eine Höhle oder das Tor zu irgendeiner Unterwelt. Die Öffnung war riesig; sie erinnerte Katie an den dampfenden Höllenschlund auf einem alten Gemälde. Dann erkannte sie in der Finsternis den Umriss eines langen Hügels, der zurück in den Wald führte und aus dessen hässlichen Buckeln Bäume wuchsen. Die Steine, von grünem Moos überwachsen, standen schief wie große Zähne, die alten Spiralen darauf waren so verwittert, dass man sie kaum erkennen konnte.

»Es ist ein langes Hügelgrab.«

»Ein hohler Hügel.« Alex schaute in die Runde, er schauderte vor Angst. »Katie, wir müssen weg von hier ...«

»Es ist ein bisschen gruselig, das gebe ich zu. Mick hat mir nie gesagt, dass es das hier gibt.«

Er schwieg. Sie sagte: »Alex?«

Als er antwortete, redete er nicht mit ihr. Er wandte sich an den hohen Stein links, der mit Efeu maskiert war, und seine Stimme klang so verzweifelt, dass ein kaltes Grauen Katie überlief.

»Tu mir das nicht an«, sagte er. »Lass mich das nicht wieder hören.«

ZEHN

›Oh, wo bist du gewesen, meine ewige Liebe,
In sieben langen Jahren und mehr?‹
›Oh, ich suche jetzt meine einstigen Schwüre,
Sie gelten schon lange nicht mehr.‹
ÜBERLIEFERT

Die Frau kam aus den Schatten. Alex sah, dass sie den Zweig hielt: Von seinen winzigen Silberglocken tropften die Klänge. Trotz des Talismans um seinen Hals spürte er, wie ihre Kraft jeden Nerv von ihm durchstach. Er verkrampfte die Hände. Kalter Schweiß rieselte ihm über den Rücken.

Er hatte vergessen, wie schön sie war. Einen Augenblick lang stand sie da, wie er sie gekannt hatte, dunkel und derb, mit einer schimmernden goldenen Halskette, und dann kräuselte sich ihr Umriss zu Rowans Gestalt, größer, mit kurzem rotem Haar und spöttischem Gesicht.

»Du musst es nicht wieder hören«, sagte sie. »Du hast nie aufgehört, es zu hören. Ich vergebe keinem, der versucht, mir zu entkommen, Alex.«

Er schaute zu Katie. Das Mädchen stand wachsam auf der dunklen Lichtung. Ein wenig ängstlich beobachtete sie ihn.

»Mit wem redest du?«, murmelte sie.

»Mit Rowan. Sie steht vor uns. Kannst du sie nicht sehen?«

Noch bevor sie antwortete, wusste er, dass es hoffnungslos war. Das hatte er schon oft durchgemacht.

»Da ist nichts.« Katie lachte, als käme sie sich töricht vor. »Komm schon. Ich mag diesen Ort nicht.«
Er rührte sich nicht.
Rowan kam näher und streckte die Hand aus, um ihm das Haar aus der Stirn zu streichen, dann schauderte sie seltsam, wich zurück und starrte kalt auf die Eisenscheibe.
»Wenn du dieses Ding nicht hättest, würde ich dich zurückkommen lassen. Vielleicht mache ich es trotzdem. Du willst immer noch kommen, nicht wahr?«
»Was ist mit dem Jungen?«, flüsterte er.
Sie lächelte glücklich, setzte sich auf einen Stein und lehnte sich zurück, ihr Saum schleifte auf den Brennnesseln. »Ah, Mick. Das ist ein wahrer Fund! So jung, so lernbegierig. Er ist so hungrig, wie du es warst. Und die Musik durchströmt ihn fast so tief wie dich damals.«
»Und heute«, murmelte er.
Sie neigte den Kopf. »Ich weiß. Es ist nicht zu spät, Alex. Du kannst zurückkommen.«
»Nein.« Es war fast ein Flüstern. Er wusste, dass Katie ihn anstarrte.
»Du wirst nie etwas sein ohne mich. Du wirst immer nur zweitklassig sein. Mittelmäßig. Und du weißt, das stimmt.«
Zitternd wich er zurück. Katie griff ängstlich nach seinem Arm. »Du siehst schrecklich aus. Ist dir nicht gut?«
Hinter ihr, durch sie durch beobachtete ihn Rowan wie ein Gespenst in einem Albtraum.
»Und ich lasse vielleicht sogar den Jungen gehen«, flüsterte sie.
Sofort riss sich Alex von Katie los, drehte sich um und stolperte schnell zwischen die Bäume, drängte sich durch die Äste, ohne je zurückzuschauen.
»Langsam!« Katie holte ihn ein. »Was ist los? Sag es mir!«

Doch er schwieg, bis sie mit einem Mal aus dem Wald kamen und der große blaue See vor ihnen lag, ein schimmernder Halbmond, über den die hohen Wolken zogen, dahinter der grüne Rasen und die elegante Fassade von Stokesey mit all den Giebeln und Fenstern.

Atemlos blieb Alex stehen und fuhr herum. Katie kam gerannt und funkelte ihn wütend an. »Was ist denn los mit dir! Ich will dir nur helfen.«

Er kramte im Rucksack, zog ihre Tüte mit den Einkäufen heraus und drückte sie ihr in die Arme. »Es tut mir Leid. Ich kann hier nicht bleiben.«

»Dann gehen wir zum Feld ...«

»Ich meine, ich verlasse den Jahrmarkt.«

Beunruhigt biss sich Katie auf einen Fingernagel. »Hör mal, ich glaube, du solltest mit den anderen reden ...«

Er wandte sich ab, dann drehte er sich noch einmal um. »Sie wird mich zurücklocken. Sie ist zu stark für mich.«

Verzweifelt schüttelte Katie den Kopf. »Du hast gesagt, es sei jemand anders gewesen!«

Er zwang sich, ruhig zu bleiben. »Sie war es. Sie hat nur zu mir gesprochen.«

Katie war es jetzt kalt, sie trat zurück. Plötzlich fürchtete sie sich, spürte, dass er wild und fremd war und dass sie ihn überhaupt nicht kannte.

»Es war niemand da«, sagte sie fest.

Alex schwieg. Dann schwang er sich den Rucksack über die Schulter und ging hinunter zum Seeufer. Einen entsetzlichen Moment lang fürchtete sie, er würde direkt hineingehen, doch er blieb stehen, atmete tief und schaute auf das Herrenhaus, seine Giebel und Rasen. Als er sprach, sah er sie nicht an. »Dein Freund ist in großer Gefahr. Du musst ihn warnen.«

»Du könntest mir helfen«, sagte sie aufs Geratewohl.
Er lächelte unglücklich. »Tut mir Leid, Katie. Er würde es nicht hören wollen, auch wenn er mir vielleicht glaubt. Du glaubst mir nicht, oder?«
Ihr war heiß, sie hatte Angst. »Ich glaube ...« Sie versuchte es erneut und wählte ihre Worte vorsichtig. »Ich glaube, du hast dich vielleicht nicht so erholt, wie du gedacht hast.«
Er nickte ernst. »Da hast du Recht.«
»Aber du musst den Jahrmarkt nicht verlassen. Die Musik ...«
Ärgerlich drehte er sich um. »Leb wohl, Katie. Danke für deine Hilfe.«
Verwirrt und ein wenig erleichtert ließ sie ihn davongehen. Dann, immer noch die Plastiktüte in den Armen, schaute sie zurück auf die düstere, fliegenumschwirrte Lichtung.
Die schwarze Öffnung der Grabkammer klaffte in der Erde. Daneben lehnte ein grüner Stein.

Die Reporterin hantierte an ihrem Tonbandgerät und schaltete es aus. »Danke. Ich glaube, das ist jetzt alles.«
»Das höre ich gern.« Mr Carter wischte sich mit einem Papiertaschentuch den Nacken. »Unter uns, mir hängt das zum Hals heraus. Diese Dinge sind Schwindel, und wenn ich herausfinde, wer dafür verantwortlich ist, dann verschwinden diejenigen so schnell von diesem Jahrmarkt ...«
»Das haben Sie sehr klar gemacht.« Die Frau schaute über die Spiralen und Bögen flachgelegten Korns. »Trotzdem müssen Sie zugeben, dass die Kreise immer sensationeller werden. Ist das nicht schon der vierte, seit der Jahrmarkt begonnen hat?«
»Und der letzte. Jetzt entschuldigen Sie mich, ich muss mich um das Gut kümmern.«

Er ließ sie mit dem Kameramann zurück, drehte sich um und ging durch das Tor. Bienen summten im dichten Klee des Heckenbodens. Überall auf dem Rasen und den Kieswegen waren Leute beim Picknick; andere trugen Taschen, Decken, Flaschen, Regenmäntel, schoben Kinderwagen. Er hob eine klebrige Lutscherverpackung auf und warf sie gereizt in einen Müllbehälter, dann winkte er einem der Platzwarte aus dem Rosengarten.
»Wenn Sie hier fertig sind, holen Sie sich einen Abfallstecher und machen Sie die Runde. Das sieht hier aus wie auf einer Mülldeponie.«
Der Mann nickte und schlug Staub von seinen dicken Handschuhen. »In Ordnung, Boss.«
»Haben Sie meinen Sohn gesehen?«
»Nicht seit der Frühe.«
Brummend nickte er, ging zurück über die heißen Terrassen und die Parterreanlage zur Seitentür und öffnete sie mit einem Schlüssel von seinem Bund.
Im Haus war es herrlich kühl. Ein paar Räume entfernt redete ein Führer mit tiefer Stimme; Mr Carter spähte in den Saal und sah die Gruppe beim Gemälde der Lady Elouisa Montague, möglicherweise von Gainsborough, und ein oder zwei andere Besucher im Hintergrund, die über die roten Quastenseile hinweg fotografierten.
Er ging hinaus und schloss die Tür.
Was war in den Jungen gefahren? In der betriebsamsten Zeit der Saison! Aber er wusste, was es war. Der Jahrmarkt. Es war immer der Jahrmarkt.
Während er hinaufstieg über die Dienstbotentreppe mit dem abgenutzten Läufer, der ersetzt werden musste, ging er im Kopf das Veranstaltungsprogramm des Nachmittags durch. Eine Woche war vergangen, der Jahrmarkt halb

vorbei. Aber die zweite Woche war die schlimmste – voller Konzerte und Sessions und Auftritte, die Hälfte davon ungeplant, und dann die Lammasnacht, die Erntefestnacht am Ende. Aber das Ritual war immer das gleiche. Ein barbarischer Überrest irgendeines uralten Schreckens. Gefolgt von dem Konzert, an dem die Gruppe von Skye ihre Teilnahme abgesagt hatte, und das bedeutete einen Nachmittag am Telefon auf der Suche nach einem Ersatz.

Jemand war in seinem Büro. Er öffnete die Tür und sagte »Michael?«, aber der war es nicht. Es war Sandy, sie stellte orange Rosen in eine Vase am offenen Fenster.

»Überraschung«, sagte sie.

»Sie riechen gut.«

»Vom Dach.«

Er setzte sich entmutigt hinter den Berg von Papier. »Schau dir das an. Wo um Gottes willen fange ich bloß an?«

Sie stellte sich hinter ihn, legte ihm die Arme um den Hals und küsste ihn gedankenverloren auf den Kopf. »Du solltest eine Sekretärin einstellen.«

»Den Job kannst du haben.«

»Und«, sie kam herum und schaute ihn an, »du solltest dich wieder mit Mick vertragen.«

Er runzelte die Stirn. »Michael. Ich bekomme ihn nicht mehr zu sehen. Er ist immer mit Katie unterwegs.«

»Sie sagt, nicht mit ihr. Sie sagt, er geht ihr aus dem Weg.«

»Dann geht er uns allen aus dem Weg. Jedes Jahr wird es schlimmer.«

»Schlimmer?«

Mechanisch sortierte er die Papiere. »Der Jahrmarkt. Er verstört ihn, macht ihn ruhelos. All diese Musik.«

Sie setzte sich auf die Schreibtischkante. »Du weißt, dass ich mich nicht gern einmische, Mike, aber wenn sein Herz daran hängt ...«

Er schaute auf und seufzte. »Habe ich dir je erzählt«, sagte er plötzlich, »wie das war, als ich noch zur Schule ging?«

»Nein!« Sie kicherte. »Gab es damals schon Schulen?«

Er grinste. »Vorsicht. Weißt du, was ich werden wollte? Archäologe.«

»Du!«

»Ja.« Lächelnd schaute er aus dem Fenster. »Mit einem Bart und lehmigen Gummistiefeln und ohne Geld in einem Zelt und knietief in neolithischen Bauwerken. Kannst du dir mich in dieser Rolle vorstellen?«

Sandy sah ihn nachdenklich an. »Und was hat dich davon abgebracht?«

»Ach, ich weiß nicht. Es waren harte Zeiten. Mein Vater verlor seinen Job. Ich schlug einen anderen Weg ein, ich brauchte etwas, womit man Geld verdient. Manchmal machte ich mir vor, ich würde umkehren, die Ausbildung wieder aufnehmen, aber nach einiger Zeit wusste ich, dass ich es nie tun würde. Und dann heiratete ich und Michael kam ... Die Dinge passieren einem so schnell. Schließlich ist man ein ganz anderer.« Er raschelte in den Papieren. »Ich habe mir immer geschworen, nie hinter einem Schreibtisch zu enden.«

Sie spielte mit einer Schere. »Und doch willst du, dass es Mick so geht?«

»Ich will, dass er Erfolg hat. Und ich kenne Musiker – ich sehe genug von ihnen auf diesem Jahrmarkt. Gereizt, schmutzig, nervös, heruntergekommen, ohne moralische Grundsätze, ohne Geld, ohne Zukunft.« Er schaute zu ihr auf. »Ich wünsche ihm einfach ein gutes Leben, Sandy. Ist das so schlimm?«

»Nein.« Sie lächelte und schnitt ihren Fingernagel. »Nein. Solange er das Gleiche denkt.«

Mr Carter verzog das Gesicht. »Was weiß er schon? Er ist nur ein junger Spund.«

ELF

Sie sprach: ›Erheb dich, junger Rittersmann,
du bist, scheint mir, als Mensch verdammt.‹
Überliefert

»Mick? Auf der Tanzbühne.« Calum McBride drehte den Schraubstock auf und nahm das dünn gehämmerte Metall heraus.
»Spielt er oder schaut er zu?« Sie kannte schon die Antwort.
»Er spielt.« Ihr Vater rieb sein frisch durchstochenes Ohr. »Ich will dir was sagen, Katie, er wird sehr gut. Ich bin überrascht, wie gut.«
Sie nickte, sie war schon unterwegs. »Dann gehe ich besser hin und höre zu.«
Warne ihn, hatte Alex gesagt. Finster schaute sie über den Jahrmarkt.
Es war vier Uhr und immer noch schwül. Das Jahrmarktfeld war eine Ansammlung ausgebleichter Markisen, schlaffer Fahnen, die Banner hingen in stickiger Hitze. Die Menschenmenge des Nachmittags hatte sich gelichtet, doch als sie an der Sprecherkabine mit ihren Bündeln von Kabeln und Drähten vorbeiging, teilte eine hallende weibliche Stimme über Lautsprecher dem Feld mit, dass John Moores Großmutter beim Spanferkelgrill auf John warte.
Katie grinste.
Musik war überall. Ein älterer Mann sang polnische Lieder;

eine Gruppe aus Marokko saß im Schneidersitz im Gras und spielte geisterhafte Weisen auf Instrumenten, die sie noch nie gesehen hatte, und hinter dem Prasseln der abendlichen Feuer und dem Hundegebell hörte man Trommelschläge, tief und bedrohlich und immer rhythmisch.

Die Tanzbühne war leer bis auf einige Tänzer aus den Appalachen in Jeans und Holzschuhen. Katie fragte: »Wohin sind die Musiker gegangen?«

»Von der letzten Gruppe?« Ein Junge deutete auf ein kleines Zelt, das neben dem Kunstgewerbezelt aufgeschlagen war. »Manche sind dort hinein.«

Sie ging übers Feld darauf zu. Das Zelt war ein neuer, runder schwarzer Pavillon, der seltsam orientalisch und fehl am Platz wirkte. Obwohl er zuerst nicht weit entfernt schien, stellte sie überrascht fest, dass sie ihm offenbar nicht näher kam. Als sie sich zwischen den Plastiktischen und Stühlen vor dem Bierzelt hindurchgeschlängelt hatte und wieder aufschaute, war er anscheinend sogar noch weiter zwischen die Zelte zurückgewichen.

Hinter ihr wurde plötzlich geklatscht; eine Fiedel und ein Akkordeon begannen einen munteren Reel.

»Luftballon?«, sagte verstohlen eine Stimme an ihrem Ellbogen.

Katie machte fast einen Satz vor Schreck.

Ein dünner Mann mit Narrenhut und orangefarbenem T-Shirt hielt eine Riesentraube heliumgefüllter Ballons; sie schaukelten und wirbelten über ihm und verdunkelten mit ihrem Schatten das zertrampelte Gras.

»Nein, danke.«

»Bestimmt nicht? Das sind keine gewöhnlichen Ballons.« Er hatte ein knochiges Gesicht mit einer langen Nase und dünnen Lippen, die sich in anzüglichem Lächeln dehnten. Ihr

fiel ein, dass sie ihn schon im Gespräch mit Rowan gesehen hatte.
»Nein habe ich gesagt.«
Er zog mit einem Ruck die Schnüre herunter; plötzlich wippten und drängten sich die Ballons als bedrohliche Wolke um sie herum und sie sah, dass es nicht die üblichen Herzen und Kissen und Disneyfiguren waren. Diese Ballons zeigten einäugige Koboldgesichter mit wulstigen Lippen oder Hexen mit großen Nasen und Ohren, so abscheulich wie die Masken im Wald. Auch Tiere waren darunter, zähnefletschende Wölfe, Füchse, große Vögel mit schwarzen Schnäbeln, und tief in der schaukelnden Masse sah sie abstoßende wurmähnliche Gestalten, Frauen mit Katzenaugen, schmale Ziegengesichter.
Wütend und ängstlich schob Katie sie weg und kämpfte sich den Weg frei. »Von denen werden Sie nicht viele verkaufen«, sagte sie schnippisch.
Er grinste spöttisch. »Du würdest staunen, Menschenkind.«
Dann hatte sie sich von ihm losgemacht und ging schnell in der Sonne, die sie plötzlich nicht wärmte. Das schwarze Zelt schimmerte. Sie behielt es im Auge und beachtete nicht die Akrobatentruppe mit den kleinen, fremdartig aussehenden Männern, die ihr über das Gras entgegenpurzelten. Am Eingang duckte sie sich schnell unter der Klappe durch.
Dann blieb sie erstaunt stehen.
Das Zelt war viel größer, als man von außen für möglich gehalten hätte. Ohrenbetäubende Musik füllte es, gespielt von einer Band mit Fiedel und Trommel, Pfeifen und Mick mit der Flöte, der stand und mit dem Fuß stampfte.
Rundum tanzten Menschenmengen; sie wirbelten wild zu den kreischenden Rhythmen der Gigue umher, und als Katie sich hindurchdrängte, war der Geruch nach zertrampeltem

Gras überwältigend und frisch, das Sonnenlicht schimmerte als blasser Schein durch die weiße Plane des Dachs.
Weiß?
Sie schaute verwirrt hinauf.
Mick hatte sie gesehen. Sein Blick folgte ihr durch die Menge, und gerade als sie gegen die niedrige Bühne taumelte, endete der Reel mit einem plötzlichen schreienden Akkord und die Tänzer johlten und stampften und klatschten.
»Was willst du?«, rief er grinsend herunter.
»Zu dir. Mit dir reden.«
Er war verändert. Sie war nicht sicher, was es war, nur dass sein Gesicht dünner war und in seinen Augen eine seltsame Leere lag. Er sprang herunter. »Was hältst du davon?«
»Von der Musik? Großartig. Aber können wir nicht hier hinaus? Wer sind überhaupt alle diese Leute?«
»Freunde.« Er schwenkte die Flöte, einen silbernen Zauberstab. »Alle hier und noch viel mehr draußen.«
Die Musik brach wieder los. Fiebrig schaute er sich um. »Ich muss zurück.«
»Aber Mick …!«
Er zuckte lachend die Achseln und drängte sich durch die Menge. Hände hoben ihn hinauf auf die Bühne. Jemand packte Katie und wirbelte sie in den Tanz. Atemlos und wütend machte sie sich frei, aber die Kreise der Tänzer umschlossen sie, manche umklammerten ihre Hände, andere zupften an ihren Haaren. Die Raserei der lauten Musik stieß direkt in ihren Schädel und der Rhythmus klopfte wie ihr Herz; oder, dachte sie, es war ihr Herz, das in ihr hämmerte, und als der Tanz in einem endlosen Beifallssturm aufhörte, schien ihr Bewusstsein aus einer unendlichen Ferne zurückzukommen.

Sie war durchgeschwitzt und zitterte vor Müdigkeit.
»Katie?« Mick fasste sie am Arm und zog sie zu einem Tisch. »Trink etwas.«
Sie rieb sich das heiße Gesicht und betrachtete das Angebot: leckere Kuchen, Obst, Drinks in hohen eisgekühlten Gläsern. Es sah einladend aus, doch sie wandte sich ab und sagte: »Lass uns hinausgehen.«
»Aber ...«
»Hinaus, Mick! Jetzt!«
Sie packte ihn am Arm und zog ihn durch die Menge, wobei sie die Leute grob und mit wachsendem Zorn zur Seite schob. Ein Mann drehte sich um, lächelte ihr zu und zeigte seine scharfen weißen Zähne.
An der Tür zwang Mick sie stehen zu bleiben. »Warte, Katie! Bitte ...«
»Was ist bloß los mit dir?« Sie schäumte vor Wut. »Ich will nur mit dir reden!«
Sie drehte sich um und stieß direkt in Rowan.
Die große Frau stand innerhalb des Eingangs, als wäre sie gerade hereingekommen. Links und rechts von ihr standen zwei grimmig aussehende Männer, die sich glichen wie Zwillinge, ihre langen Mähnen waren so rau wie Wolfsfell.
»Hallo, Katie«, sagte sie ruhig.
»Ich gehe mit Mick hinaus zum Luftschnappen.« Katie zwang sich, höflich zu klingen. »Er sieht blass aus, finden Sie nicht?«
Zu ihrem Erstaunen strich Rowan Mick die Haare aus der Stirn und betrachtete ihn kritisch. »Doch, ein bisschen. Geh mit ihr, Mick. Wir sehen uns später.«
Sie zwinkerte ihm heimlich zu und verschwand in der Menge.

Draußen blinzelte Mick, als würde ihn sogar der späte Sonnenschein blenden. Plötzlich wirkte er müde, seine ganze Energie schien aufgebraucht. »Wie spät ist es?«, murmelte er.

»Etwa fünf.« Katie schaute auf ihre Armbanduhr und schüttelte sie dann verwundert. »Halb sieben! Wie lange waren wir dadrin?«

»Die Zeit vergeht schnell, wenn die Musik mal angefangen hat«, sagte er leise.

Sie sah ihn neugierig an. »Nun, sie mag dich, nicht wahr. Man könnte denken, sie wäre deine Mutter, so wie sie sich verhält.«

Er schaute sie kalt an und ging davon. Katie folgte ihm, sie war wütend auf sich. Das war eine dumme Bemerkung gewesen. Am Bierzelt schien er sich beruhigt zu haben. Sie kaufte Getränke und er schüttete seins hinunter, als hätte er stundenlang nichts getrunken, dann nahm er ein zweites. Sie setzte sich auf die Heuballen und sagte: »Entschuldige.«

Eine Zeit lang drehte er die kalte Dose in den Händen. Dann sagte er: »Es macht nichts. Ich habe meine Mutter sowieso nie gekannt.« Er schaute hinaus auf die Zelte und Buden. »Ich glaube, ich habe dich seit einer Ewigkeit nicht mehr gesehen.«

»Nun, ich bin hier gewesen. Wo warst du?«

Er sah sie merkwürdig an. »Beim Spielen, glaube ich.«

»Und bei den Führungen?«

»Nein. Die habe ich aufgegeben.«

Verblüfft lutschte sie an einem Eiswürfel. »Was hat dein Vater dazu gesagt?«

Er zuckte die Achseln. »Ich kann mich nicht erinnern. Was ist so wichtig, dass du mich herauszerren musstest?«

Jetzt hatte sie ihre Chance und wusste nicht, wie sie anfangen sollte. »Ich habe mit Sandy gesprochen. Sie macht sich Sorgen um dich.«

Mick lachte, es klang hohl. »Es überrascht mich, dass sie überhaupt an mich denkt. Sie hat doch Anna, oder?«

»Das ist nicht fair.« Katie zog einen orangefarbenen Zopf nach vorn und kaute daran. »Sie sehen dich nie. Du scheinst besessen von dieser Rowan.«

Er sah sie erstaunt an. »Was?«

»Du hast es gehört. Und du spielst zu viel. Das bekommt dir nicht.«

»Quatsch.« Er sah aus, als wollte er aufstehen und weggehen, deshalb sagte sie: »Der Meinung wärst du nicht, wenn du Alex kennen würdest.«

»Alex?«

»Ich habe dir von ihm erzählt. Er ist ... Hör mal, Mick, er sagt, du bist in Gefahr. Wegen dieser Frau.«

Micks Augen glänzten auf neue Art. »Ich glaube, du solltest mir lieber sagen, was du meinst«, murmelte er.

Sie erzählte ihm die Geschichte von Alex. Zu ihrer Überraschung hörte er aufmerksam zu, zog dabei lange Halme aus dem Heuballen und bog sie zu Ringen und Spiralen. Sie kam sich töricht vor, als sie ihm von dem merkwürdigen Zwischenfall an der Grabkammer erzählte. »Er ist noch nicht ganz gesund. Er stand da und sprach mit der Luft. Deshalb glaube ich das alles über Rowan nicht ... aber, nun, ich erzähle es dir, weil ...« Sie zuckte die Achseln und fragte sich, warum.

Mick kaute an einem Halm. »Du glaubst, dass ich so verrückt werde wie er.«

»Da gibt es nur so vieles, das sich gleicht.«

»Hat er gesagt, dass diese Frau Rowan war?«

»Zuerst nicht. Dann aber doch. Bescheuert, oder?«

»Ich mag sie. Ich war noch nie glücklicher.« Er sagte es schnell, wie im Trotz.
Sie nickte und verbarg ihre Überraschung. »Vertrag dich nur wieder mit deinem Dad.«
»Katie McBride. Kummerkastentante.«
Sie kicherten beide.
»Sag Rowan, du willst nicht so viel spielen«, schlug Katie entschlossen vor.
»Das kann ich nicht.«
»Warum? Du hast doch keine Angst vor ihr, oder?«
Er funkelte sie wütend an. »Natürlich nicht.«
»Dann sag es ihr.«
»Na schön!« Er stand auf und wandte sein Gesicht ab. »Ich werde es tun. Das Dumme ist, dass du keine Ahnung hast, wie es ist.« Er fuhr herum und sie sah, wie erschöpft er war. »Sie haben mir so viel beigebracht. Die Musik hört nicht auf, es ist wunderbar, Katie. Ich will das nicht verlieren.«
»Das wirst du auch nicht.« Beklommen beobachtete sie ihn. »Nimm's einfach leichter. Versprochen?«
Er schwieg. Dann sagte er: »Versprochen.«
Sofort entstand ein Summen in der Luft und schwoll an, als wäre ein Stock voll wütender Bienen umgekippt. Mit einem Mal war es überall, sodass Katie die Hände auf die Ohren legte und jedes Mikrofon auf dem Jahrmarktfeld brüllte und zischte.
»Was ist das?«, schrie Katie.
Mick schüttelte den Kopf. Das Summen quälte ihn; er barg den Kopf in den Armen, als könnte er es fern halten, doch es drang tief in ihn wie ein Schmerz, alle seine Nerven und der Magen und das Gehirn schauderten vor Übelkeit, und als es aufhörte, ganz plötzlich, hätte er fast losgebrüllt.

Vorsichtig nahm Katie die Hände von den Ohren. »Das muss diese Lautsprecheranlage sein.«
Sie betrachtete die verblüfften Touristen rundum. Ein Baby schrie, Hunde bellten heftig. Außer Sichtweite schlugen immer noch die Trommeln.
»Außer ...« Sie kicherte.
»Was?«
»Außer es war das, was die Kornkreise macht.«
»Das war ich«, sagte er leise.
»Du!« Nach einem Augenblick grinste sie. »Idiot. Fast hätte ich dir geglaubt.«
Auch Mick lächelte. Ein kaltes, furchtsames Lächeln.

ZWÖLF

Mich überwältigt eine Macht, die stärker ist als mein Verstand, die stärker ist als meine Kraft …

AUS: ADVENTURE OF CONLE

Er aß die Spagetti, ohne sie zu schmecken, und drehte sie dabei endlos um seine Gabel.

Sandy lächelte über das Baby auf ihrem Schoß hinweg. »Das kann ich auch nie.«

Es war heiß in der Wohnung. Alle Fenster waren geöffnet; kein Windhauch bewegte die Vorhänge. Draußen sah er die Bäume hinter dem stillen See, schwarz wie eine Bedrohung.

Er legte die Gabel weg und stand auf. Es war sieben Uhr. »Ich glaube, ich gehe und höre mir ein paar Kassetten an.«

Sandy schaute betrübt auf den halb vollen Teller. »Dein Dad wird bald zu Hause sein. Vielleicht könntet ihr zusammen ins Freizeitzentrum gehen. Zum Badminton oder Schwimmen. Es würde euch beiden gut tun, ein bisschen wegzukommen.«

Mick zuckte die Achseln. »Wenn er will.«

Er stellte den Teller aufs Ablaufbrett und hinter ihm sagte Sandy: »Wie habt ihr beiden euch vertragen, bevor ich gekommen bin, Mick?«

Überrascht drehte er sich um. »Gut. Aber jetzt liegt es nicht an dir.«

»Bist du sicher?« Sie strich sich die langen blonden Haare aus dem Gesicht. »Denn wenn ich glauben muss, es sei …«

»Mit dir hat es nichts zu tun«, sagte er betroffen und lehnte sich an die Spüle. »Ehrlich. Dad und ich kommen immer noch gut miteinander aus, glaube ich, im Prinzip. Aber er wollte von Anfang an nicht, dass ich mich mit Musik beschäftige, und er hasst den Jahrmarkt. Ich weiß nicht, warum. Ich meine, ich weiß, dass es für ihn zusätzliche Arbeit bedeutet, aber das allein scheint nicht der Grund zu sein.«

»Vielleicht ist er eifersüchtig.« Sie sagte es leise und schaute ihn spitzbübisch an.

Mick war verwirrt. »Worauf?«

»Die Leute. Schausteller, Musiker, Handwerker. Ihre Freiheit.«

»Das alles hasst er.«

»Wirklich?« Sie streichelte das Baby am Kopf. »Hast du gewusst, dass er Archäologe werden wollte, als er in deinem Alter war?«

»Dad?«, fragte Mick verdutzt.

»Selbst alte Käuze waren einmal jung.«

»Das hat er mir nie erzählt.« Er merkte, dass es ihn kränkte.

»Nein.« Sie schüttelte den Kopf. »Ich glaube, bis vor kurzem hatte er es selbst vergessen.«

Mick ging zur Tür.

»Soll ich ihm sagen, dass du weggehen willst?«, fragte sie.

Unschlüssig blieb er stehen. Dann sagte er: »Okay.«

Aber zuerst musste er es Rowan sagen.

Er lag auf dem Bett und betrachtete die Glockenspiele. Es ging kein Wind, noch nicht einmal eine Brise, trotzdem schaukelten sie und klimperten leise wie in der Luft eines

anderen Landes, dem mit all den Folksongs, jenseits der Hügel und weit entfernt. Die Klänge waren zart und verführerisch, aber sie befriedigten ihn nicht, keiner war wie das Spiel des Zweigs, dieser atemberaubende Ton, nach dem er jetzt ständig horchte.
Draußen zeigte sich der Mondrand silbern über den Bäumen. Er stand auf, nahm die Flöte und ging hinaus.
Stokesey Hall war dunkel und voll gähnender Höhlen. Er ging durch die Korridore, unter den flachen gerahmten Gesichtern der längst Verstorbenen entlang, durch die Prunkräume, dann die Hintertreppe für Dienstboten hinunter und öffnete schließlich die Geheimtür in der Täfelung, durch die er auf den Absatz über der großen Treppe kam. Im Mondlicht beugte er sich über das reich verzierte Geländer und horchte.
Irgendwo drunten spielten sie.
Die Musik klang heute Abend wehmütig; ein einzelner Flötist spielte ein Klagelied; die langen Akkorde schickten ihm sogar hier einen eisigen Schauder über den Rücken. Schwach wehten die Töne über die staubigen Wege.
Schon seit Tagen waren sie im Haus, als hätte er sie irgendwie hereingelassen. Er wusste nur nicht, wie.
Leise ging Mick die Treppe hinunter, der weiche Teppich war elastisch unter seinen Füßen. Unten stieg er über das rote Quastenseil und schob sich zwischen den stillen Möbeln hindurch: eine Chaiselongue, der kleine Tisch mit der vergoldeten Uhr, der Schreibtisch, auf dem immer ein unbeendeter Brief lag. Als wären die Besitzer gerade ausgegangen, würde sein Vater sagen.
Er öffnete die Doppeltür zum Zedernsaal.
Hier war die Musik lauter. Durch hohe Fenster ohne Läden fielen schräge Mondlichtquadrate und versilberten die di-

cken Gesichter mit den Backenbärten, die zwischen dichtes Laub geschnitzt waren.
Der Raum war groß und leer. Als Mick über den knarrenden Boden ging, kam er sich klein und atemlos vor, starke unterdrückte Erregung durchpulste ihn. Mit den Fingern auf dem kalten Messinggriff wartete er.
Aus dem Klagelied stöhnte das Leid; alle Qual der Welt wurde darin ausgedrückt. Mick drehte den Ring und ging hinein.
Hier waren sie.
Der Mitternachtsrat war im ganzen Raum verteilt, seine Mitglieder saßen still auf den Fenstersimsen, lagerten auf dem Boden, auf Stühlen, Kaminsims und Tisch und beobachteten ihn aus ihren schmalen, funkelnden Augen.
Der güldene Saal hatte alle Farbe verloren. Jetzt war er silbern, sein prächtiger Glanz war einem kalten Schimmer gewichen. Es waren irische Pfeifen, die er hörte; ein kleines Mädchen spielte sie, die langen Finger berührten zart die Löcher. Ihr Gesicht war schön, aber als sie aufhörte zu spielen und ihn anlächelte, wusste er, dass sie älter war, als sie schien, älter als das Haus, älter, als er träumen konnte.
»Mick!«
Rowan saß auf einem Fenstersims im Mondlicht. Die schmalen Mondsicheln an ihren Ohren schwangen und funkelten. Plötzlich war er froh und ging zu ihr hinüber.
»Wir haben auf dich gewartet.« Träge und zärtlich fuhr sie ihm über die Haare. »Wir gehen alle zum Eilderfeld. Solche Musik wirst du noch nie gehört haben.«
Er schaute weg. »Danke. Aber falls du nichts dagegen hast, komme ich heute Abend nicht mit.«
Sie sagte nichts. Alle schwiegen. Jäh empfand er das Mondlicht als eisig.

»Ich dachte, ich gehe zur Abwechslung mal mit meinem Vater weg.«
Ein leises Zischen kam aus einer dunklen Ecke. Rowan glitt vom Sims und stand auf, sie war so nahe, dass er zurückwich.
»Du kommst nicht mit?«, flüsterte sie bedenklich leise.
Micks Herz hämmerte, seine Handflächen waren nass. Mit einem schmerzhaften Schock wurde ihm klar, dass Katie Recht gehabt hatte. Er fürchtete sich vor Rowan.
»Nur dieses eine Mal«, stammelte er und versuchte zu lächeln. »Morgen bin ich wieder da.«
Die Geschöpfe beobachteten ihn schweigend. Sie schienen zahlreicher zu sein als zuvor: dunkle Gestalten in den Ecken, Figuren, die durch die offenen Fenster glitten.
Rowan schüttelte den Kopf. »Ich bin enttäuscht«, sagte sie trocken. »Mit wem hast du gesprochen, Mick?«
Er wollte nicht antworten; es war, als würde ihm das Wort mit Gewalt entrissen. »Katie.«
»Diese kleine Katze.« Rowan legte den Kopf schief, sie beobachtete ihn scharf. »Und was hatte sie zu sagen?«
»Nichts. Wenigstens ... Nun, es war eine Geschichte über einen Harfenisten. Er heißt Alex.«
Bei dem Namen fauchte es von überall her durch den Raum; jemand lachte, ein raues Geheul wie von einem Fuchs.
»Es wäre besser, seinen Namen nicht zu nennen.« Rowan war kalt vor Wut, ihre Augen wurden schmal und feindselig. »Du willst es also machen wie er, was? Du willst uns verlassen.«
»Nein! Das will ich nicht!«
»Hör mir zu, Mick, niemand entflieht uns. Die Musik ist in dir, deine Gabe. Sollen wir sie zurücknehmen?«
»Nein ... Schau ...«

»Wir können sie nehmen. So leicht, wie wir sie gegeben haben.«
Er schämte sich, wollte widersprechen, konnte es aber nicht.
»Geh zu deinem Vater. Wir halten dich nicht zurück.«
»Ich will nicht.« Er schaute auf, sagte es lauter: »Nicht mehr.«
»Dann spiel.« Sie lächelte, ein kaltes, belustigtes Lächeln, bei dem ihn Angst durchzuckte. »Los, Mick. Spiel hier für uns. Finde heraus, wie wir die bestrafen, die versuchen wegzukommen.«
Er schwitzte, war durcheinander. Er wollte nicht spielen, doch seine Finger schienen gegen seinen Willen zu gehorchen, sie drückten das kalte Rohr an seine Lippen.
Ein paar starke Arme hoben ihn auf den Tisch.
Und dann spielte er widerwillig, bevor er es wusste, einen schnellen, atemlosen Reel, den er noch nicht einmal erkannte, und die Menge brüllte vor Lachen, tanzte um ihn herum, andere Instrumente schlossen sich an, eine ganze Band randalierte in jeder Ecke des Saals.
Rowan, groß zwischen ihren Leuten, lächelte zu ihm hinauf.
»Hör auf, wenn du müde bist, Mick«, spottete sie. »Wann immer du willst.«
Aber er konnte nicht aufhören. Immer schneller wurde die Musik aus ihm herausgezerrt; sie brauste weiter und er musste mithalten, sein Atem kam stoßweise, der Schmerz in seiner Brust schwoll an wie ein Ballon, der plötzlich platzen könnte. Entsetzt stellte er fest, dass er jetzt nichts mehr sah, nur verschwommene kichernde Gesichter nahm er wahr, die sich ihm entgegenstreckten und wieder wegtauchten. Schweiß lief ihm in die Augen und er schloss sie und spielte, und immer, wenn er dachte, die Gigue würde enden, ging sie mühelos in eine andere und wieder in eine andere über, bis

er stumm mit ganzer Seele schrie, sie solle aufhören. Der Rhythmus trieb ihn erbarmungslos weiter; Trommeln und Pfeifen und Stimmen brausten um ihn herum und seine Fingerspitzen waren so wund, dass sie bluteten, und er konnte nicht atmen, er konnte nicht mehr, er spürte, wie er erstickte, die Musik würgte ihn, während er spielte und spielte, jetzt auf den Knien, von Apollo besorgt betrachtet, und Rowan tanzte und dunkle Vögel oder Flecke flogen hinter seinen Lidern und er hatte Schmerzen in seiner Brust wie von Messerstichen.

Der Raum dröhnte in die Dunkelheit hinein, eine Marter aus Klang; er wusste, dass er daran sterben würde, dass sie ihn mit Musik töteten. Und dann kam jemand herein und schaltete das Licht an und sein Vater sagte: »Michael?«

Er brach zusammen.

Auf Händen und Knien stürzte er auf den Tisch, schnappte nach Luft, zog sie mühsam ein, würgte vor Schmerz und Schwindel, fühlte, wie seines Vaters Hände ihn packten und ruhig hielten.

Die Flöte rollte über das dunkle Mahagoni und klapperte auf den Boden. Draußen flackerten Blitze wie Gelächter.

DREIZEHN

Er wanderte heimwärts,
ein Stern tat's ihm gleich,
die Schwäne am Abend
ziehn über den Teich.
ÜBERLIEFERT

Bei den Fernsehnachrichten im Wohnwagen hörte Katie den Donner. Sie kam heraus auf die Treppe. »Ist das ein Gewitter?«

Ihre Mutter nahm trockene Wäsche von einem Weißdornbusch.

»Es liegt in der Luft. Schon den ganzen Tag hat es gedroht.«

Ein stiller Blitz ließ Katie zusammenzucken. Sekundenlang hatte sie den ganzen Wohnwagenplatz glänzend weiß gesehen.

Dann, nach kurzer Stille, kam der Donner: ein langes, langes, gebrochenes Grollen, so tief, dass es wie ein schwerer Druck gerade über ihrem Kopf wirkte. Der Abend war schwül und wolkig, eine zornige graue Masse türmte sich über dem Feld.

»Hol alles herein«, sagte ihre Mutter seufzend.

Sie zwängten Stühle und Tische und Kissen in den Wohnwagen. Katie nahm ihren Regenmantel. »Ich helfe Dad.«

»Sei vorsichtig«, murmelte ihre Mutter. »Bleib von den Bäumen weg.«

Katie rannte zum Wohnwagen der Frobishers. Martin saß rauchend auf der Treppe und betrachtete den Himmel.
»Wird es regnen?«, fragte sie, drehte sich um und ging rückwärts.
»Mehr als das.« Er sah so besorgt aus, dass sie stehen blieb.
»Was meinen Sie?«
Statt zu antworten, drückte er die Zigarette auf der Stufe aus und sagte dann: »Erdlichter. Kornkreise. Jetzt dieses Teufelszeug. Der Jahrmarkt ist verseucht, Katie.«
Sie lächelte und ging weiter, doch sein trübsinniger Ton hatte sie geängstigt; das war kein Scherz gewesen.
Wieder ein Blitz, die Stille war zermürbend.
Katie bog um den Wald, suchte sich in der zunehmenden Düsternis ihren Weg durch Brennnesseln und lief gerade auf das Feld, als die ersten großen Tropfen auf ihre Kapuze klatschten. Der Regen begann langsam, doch innerhalb von Sekunden wurde er sintflutartig, ein rauschender Wasservorhang umhüllte sie, hinter dem das Feld verschwunden war, und die Nacht stank plötzlich nach Regen und Fäulnis und dem Schwefelgeruch elektrischer Funken.
Sie versuchte zu Atem zu kommen, aber das Wasser lief ihr schon in Strömen den Hals hinunter und tropfte von ihrem Haar.
Sie rannte weiter.
Stände mit schlaffen Planen ragten auf. Eine lose Zeltklappe, die von ihrem Pflock gerissen war, flatterte wild im zunehmenden Wind. Als Katie zur Schmiede kam, war sie leer; alle Kerzenständer und Metallgegenstände waren sicher unter Sackleinwand gestapelt. Von ihrem Vater keine Spur.
Wieder grollte der Donner, der Sturm tobte in den Baumwipfeln. Katie konnte nicht glauben, dass es noch vor einer Stunde heiß und still gewesen war.

Schaudernd duckte sie sich in den Eingang, vom Regen gefangen, der vom Dach floss. Draußen schrien Leute; Gestalten liefen durch das Halbdunkel, doch es schien ihr fast, als wäre der Jahrmarkt verschwunden, fortgehext, als wäre die Nacht leer.

Ein plötzlicher Blitz schoss über den Himmel, sodass ihr die Haut prickelte; Funken stiegen aus der Sprecherkabine auf und eine unglaubliche Sekunde lang sah sie alle Kabel als sengende blaue Schlangen, die gemartert um sich schlugen.

»Sand!«, brüllte jemand. »Holt den Sand!«

Sie rannte hinaus, um zu helfen, und taumelte im tobenden Wind zur Seite. Benommen wurde sie gegen etwas Hartes geschleudert. Tastend spürte sie, dass es eine der Eichen mitten auf dem Feld war; die Äste ächzten im Sturm, kleine Zweige schlugen nach ihr. Sie hatte die Orientierung verloren und hockte sich hin, der Regen prasselte auf sie herunter.

Der Boden war weich; kleine Bäche schossen darüber. Der Wind heulte und tobte. Katie hob den Kopf und sah über dem schwarzen Feld zersplitterte Zeltstangen und Pfosten, flatternde Planenränder, Seile, die vom Sturm herausgerissen waren. Gestalten in Ölzeug versuchten mühsam, sie in den Boden zu hammern. In der Nähe riss plötzlich eine ungesicherte Plane krachend auseinander, der heulende Wind stieß wütend ins Zelt und schleuderte alles hinaus.

Gegenstände flogen an Katie vorbei, während sie sich an den Baum klammerte: Papierbecher, Stroh, Prospekte, Chipstüten, ein Seidentuch, das seine durchnässte blaue Schönheit an den dicken Stamm presste. Katie zog es ab und steckte es in die Tasche. Im Kunstgewerbezelt brachen die Stände zusammen, hölzerne Möbel zersplitterten, es roch bizarr nach Potpourri und dann flog alles um sie herum, ein

duftender Regen aus Blütenblättern und Rinde stach ihr ins Gesicht und wirbelte sofort davon.
Immer noch kam der Regen in Sturzbächen herunter und prasselte wie Speere auf das düstere Feld, er floss den Baumstamm hinunter über ihre kalten Finger, während die Eichenäste über ihr brachen und knackten, als würde eine Schar unsichtbarer Peiniger herzlos darauf herumtrampeln.
Und plötzlich sah Katie, wie brüchig der Jahrmarkt war: eine wackelige Struktur aus zerschlissenen Planen und dünnen Stangen, die nur für vierzehn Tage aus dem Boden schoss und leicht davongewirbelt werden konnte. Hier gab es kein sicheres Versteck, keinen Schutz, ihre ganze Welt zerbrach und zerfiel um sie herum.
Es ängstigte sie. Immer war der Jahrmarkt für sie eine stabile Realität gewesen, ein verlässlicher Orientierungspunkt in ihrem Jahr, aber vielleicht war er das nicht, vielleicht war alles, das Leben, das sie führten, die Musiker und Geschichtenerzähler und Poeten, samt ihrer Kunst so unsicher wie das hier, zerbrechlich, von verächtlichen Stürmen davongeweht.
Über ihr zersplitterte ein Ast mit heftigem Krachen.
»Katie!«
Der Ruf kam von links; sie schaute hinüber und konnte gerade noch Alex sehen, der im Windschatten am Zelt der Geschichtenerzähler kauerte. Sie holte tief Luft und rannte, kämpfte sich durch den Wolkenbruch, hörte den Ast hinter sich mit dem Knacken zahlloser Zweige herunterkrachen. Sie warf sich neben den Harfenisten.
»Es ist unglaublich! Woher kommt das alles?«
»Von ihnen.« Seine Worte waren so leise, dass Katie sie über dem kreischenden Sturm kaum hörte, doch sie ließen sie schaudern. Schweigend schaute sie ihn an.

Er trug einen Regenmantel, über den das Wasser strömte, sein durchnässtes Haar war zurückgestrichen. Der Rucksack lag neben ihm. Sie sah, dass er voll gepackt war.
»Gehst du?«, flüsterte sie.
Der Wind brüllte ihnen entgegen und tobte mit ohrenbetäubendem Klappern über den Doughnutstand gegenüber. Instinktiv duckten sie sich tiefer, während Trümmer an ihnen vorbeiflogen.
Sie packte ihn am Ärmel. »Nicht, Alex. Bleib bei uns.«
»Sie sind wütend«, schrie er. Seine Stimme war rauer als je zuvor. »Das ist ihr Werk, Katie. Dir ist nicht klar, wie zerstörerisch sie sein können; ihnen ist alles egal!« Er drehte sich um und schaute sie an. »Was hat Mick gemacht?«
»Mick? Ich weiß nicht.«
»Hast du ihn gewarnt? Hast du ihm von mir erzählt?«
Verwirrt nickte sie und rief dann »Ja«, das Wort ging im Sturmgeheul fast unter.
Alex hob den Arm, um seinen Kopf zu schützen. Zweige schlugen ihnen entgegen, das ganze Feld bog sich unter dem Sturm, der durch die strömenden Wolken brauste und mit geisterhaften Stimmen schrie.
»Er hat sich ihr widersetzt«, murmelte er fast wie im Selbstgespräch. Der Regen tropfte aus seinem Haar.
»Dann bleib!«, rief Katie. »Wenn du glaubst, dass er in Gefahr ist, musst du ihm helfen.«
»Ich kann nicht!« Seine Augen waren dunkel und entsetzt. »Sie ist zu stark für mich. Ich kann nicht. Lass ihn – lass ihn nicht mit ihr gehen.«
»Mit ihr gehen!« Erschrocken zog sie sich durchnässtes orangefarbenes Haar aus den Augen. »Wohin gehen?«
»Fort. An einen anderen Ort.« Er sah, wie verblüfft sie war, und versuchte mit fast zorniger Stimme, es ihr zu erklären.

»Sie wird versuchen ihn wegzulocken, vielleicht beim Erntefest; sie wird ihm alles Mögliche versprechen. Du musst dafür sorgen, dass er bleibt! Wenn er geht, Katie, kommt er nie mehr zurück! Es liegt an dir. Aber er wird nicht auf dich hören wollen, er wird darauf versessen sein, mit ihnen zu gehen. Er wird dich hassen, dich bedrohen, er wird nicht wissen, was er sagt, aber, um Gottes willen, lass ihn nicht weg!«

Nie hatte sie ihn so entschieden gesehen. Dann war es vorbei und die alten Ängste und Unsicherheiten überkamen ihn wie ein Schatten. Verzweifelt schüttelte er den Kopf.

»Schau mich nicht so an. Du musst mir nicht sagen, dass ich ein Feigling bin.«

Plötzlich war sie verängstigt und wütend auf ihn. »Wegzulaufen ist sinnlos! Hilf uns! Du verstehst, worum es geht. Ich nicht.«

»Ich kann nicht.«

»Du kannst! Du musst an Mick denken!«

»Nein. Du verstehst das nicht.« Er rappelte sich auf und machte sich frei von ihr. Regen peitschte zwischen ihnen, der Wind zwang sie zurück, als wäre er etwas Lebendiges.

»Alex!«

»Nimm das.« Er drückte ihr etwas Kaltes in die nassen Hände. Sie packte es, als es entgleiten wollte, sie hatte Angst, der Wind würde es wegreißen.

»Leb wohl, Katie«, schrie er und schwang den Rucksack auf die Schultern.

»Wohin gehst du?«, fragte sie mit belegter Stimme.

»Irgendwohin. Weg von hier.« Einen Augenblick stand er da und schaute in den Sturm, dann rannte er entschlossen hinein.

»Wir brauchen dich, Alex!«, schrie sie, doch ihre Worte gin-

gen im Regen unter und er war bereits verschwunden, ein Schatten in den grauen Wasserschleiern.
Der Wind brüllte und heulte und tobte, er peitschte ihr Haar und schrie seinen Zorn heraus. Sie duckte sich und öffnete die Hand. In der Finsternis konnte sie kaum sehen, was darin lag, aber noch bevor sie es mit gefühllosen Fingern betastete, wusste sie, was er ihr gegeben hatte. Die Eisenscheibe.
Ein plötzlicher Blitzschlag nahm ihr den Atem; sie schaute auf und sah Stokesey Hall, wo in allen unteren Fenstern blaues Licht flackerte.
»Mick!«, flüsterte sie wütend. »Was hast du gemacht?«
Sie sprang auf und raste durch den Regen zum Herrenhaus.

VIERZEHN

Wind aus dem Westen, wann wirst du blasen?
Der leichte Regen kann immerzu regnen.
ÜBERLIEFERT

»Es ist mir ein Rätsel, wie du schlafen kannst, wenn alle diese Dinger bimmeln.« Sein Vater drehte eins der Glockenspiele und verzog das Gesicht. »Es müssen mehr als ein Dutzend sein. Warum so viele?«

»Ich mag sie.«

Mick stieg ins Bett und ließ sich müde aufs Kissen sinken. Sandy setzte sich besorgt zu ihm. »Geht es dir jetzt wirklich wieder besser?«

»Sag ich doch. Alles in Ordnung.«

Er sah, wie sie einen Blick wechselten. Draußen tobte das Gewitter, der Regen prasselte an die Fenster, als wollte er sie einschlagen. Mick war es übel und schwindlig, er fühlte sich so erschöpft, dass er nur schlafen wollte, aber selbst jetzt gingen sie nicht.

»Ich verstehe immer noch nicht, warum du auf dem Tisch gestanden hast«, sagte Mr Carter hartnäckig.

»Ich hab es dir doch gesagt! Ich habe nur ... dort gestanden. Ich habe Flöte gespielt und hatte eine Art Schwindelanfall. Das ist alles.«

»Es war viel mehr als das.«

»Ich bekam keine Luft mehr. Es muss die Hitze gewesen

sein. Jetzt geht es mir gut. Falls ihr mich schlafen lasst!« Mühsam lächelte er, doch der Blitz beleuchtete ihre besorgten Gesichter und plötzlich war alles zu viel. »Bitte?«, stöhnte er.

Sandy stand auf. »Komm, Mike. Er hat Recht.«

Sie beugte sich über Mick und wollte ihm das Haar aus der Stirn streichen. Er dachte an Rowan und zuckte zurück.

»Empfindlich! Wenn dir wieder übel wird, rufe, Mick. Egal, wann.«

»Bestimmt.«

Donner grollte. Sein Vater ging zum runden Fenster und schaute besorgt hinaus. Dann zog er die Vorhänge zu. Hinter dem Regenprasseln hörte Mick die dünne Stimme des Windes schreien wie eine Todesfee. Er schauderte und rollte sich zusammen, um die schreckliche Furcht im Magen, die Kälte in den verkrampften Händen abzuwehren.

»Ich muss hinüber. Auf dem Jahrmarkt wird es Schäden geben.« Sein Vater sah Sandy an. »Kommst du zurecht?«

»Natürlich. Lass dich nur von keinem Blitzschlag rösten.«

Mr Carter ging zur Tür. »Gute Nacht, Mick. Schlaf.«

»Gute Nacht«, flüsterte Mick.

Sie gingen hinaus. Er war allein in der Finsternis.

Lange lag er so, verkrampft, ein Knoten aus Angst. Er war erschöpft, konnte aber keine Ruhe finden. Zweimal setzte er sich auf und schaute sich um, er hatte Angst, sie könnte hier sein.

Langsam wurde ihm wärmer, aber seine Gedanken kreisten ständig um den Schrecken und den Verrat der unaufhörlichen Musik, selbst jetzt noch zuckten seine Finger, seine Lippen waren trocken und wund. Wie hatte sie ihm so etwas antun können? Was würde sie noch tun?

Er wälzte sich schwitzend unter den Laken hin und her, während der Blitz durch den Spalt zwischen den Vorhängen leuchtete. Wie konnte er je von ihr loskommen? Sie beherrschte ihn durch das, was er sich wünschte, und doch musste es eine Möglichkeit geben, irgendeine. Alex hatte es geschafft. Er versuchte sich zu erinnern, was Katie über den Harfenisten gesagt hatte – über irgendein Leiden, das Krankenhaus. Hatten sie ihm das zugefügt? War das nur der Anfang? Die Vorstellung einer schrecklichen Verfolgung flackerte durch seine Gedanken wie der Blitz; er verdrängte sie entsetzt, rollte sich zusammen, wälzte sich herum.

Der Raum war schwarz. In den hohen Balken bewegten sich Dinge. Schwitzend starrte er hinauf, sah aber nichts als Staub, der vom Luftzug aufgewühlt wurde und in seltsamen Gestalten dahintrieb. Am Fuß des Bettes klirrten die Glockenspiele, ein leises, endloses Murmeln.

Sie würde kommen. Das wusste er. Das Horchen wurde zur Qual. Das große Haus knarrte und bewegte sich, während der Sturm wütete, an fernen Fenstern ratterte und um die Giebel heulte, jedes Geräusch griff mit kalten Fingern an sein Herz. Das war nicht mehr sein Haus. Alle dunklen Korridore unter ihm, die Räume und Treppenhäuser und Säle waren vom Feind besetzt; Unsichtbare spukten murmelnd und lachend darin. Einmal war er überzeugt, Musik zu hören, ein leises, hinterhältiges Pfeifen, bei dem sich sein ganzer Körper vor Angst verkrampfte. Aber das Tosen des Sturms übertönte es und er zog sich die Bettdecke über den Kopf und betete, dass der Wind ewig wüten werde, dass das Haus nie mehr still sein werde.

Vielleicht döste er ein.

Doch plötzlich war er wach und von Angst besessen.

Es kam ohne Ankündigung. In der warmen Finsternis verkrampfte er sich, bis er heiß und atemlos war. Langsam schob er die Bettdecke weg und öffnete die Augen.
Hinter ihm war es still im Zimmer. Er konnte nur die Tür sehen, und die war geschlossen.
Er schob sich auf dem Kopfkissen hoch und schaute ängstlich in die vertrauten Schatten, erkannte den Schrank, die Regale, den Tisch auf der anderen Seite des Zimmers.
Ein Blitz leuchtete weiß und still.
Er sah sie.
Entsetzen durchfuhr ihn. Es war nur ein Moment gewesen, aber sie hatte in dem alten Lehnstuhl an der Wand gesessen und ihn beobachtet. Das Nachbild verwirrte ihn. Dann glaubte er in der Dunkelheit ihre Gestalt auszumachen, sie war immer noch da, unbeweglich.
»Rowan?«, flüsterte er.
Eine Sekunde lang war er nicht sicher. Bis sie so schnell, dass sein Herz aussetzte, aufstand und durch die Düsternis mit raschelndem Kleid auf ihn zukam.
Sie setzte sich aufs Bett, wo Sandy gesessen hatte. Immer noch im Dunkeln konnte er in ihrem Gesicht nichts lesen, es war so ausdruckslos.
»Tut mir Leid, Mick«, sagte sie ruhig.
»Leid?« Er war überrascht.
»Das alles. Du musst uns hassen.«
»Nein«, stammelte er verwirrt. »Nein, ich hasse euch nicht.«
Sie schüttelte den Kopf. »Ich musste es tun; du hättest dich mir nicht widersetzen sollen. Aber ich möchte dich bei uns haben. Willst du das nicht auch?«
Benommen zuckte er die Achseln. Es war erschreckend, wie ihre Stimmung wechselte. Jetzt sah er, dass sie ein rotes

Kleid trug, siebzehntes Jahrhundert – er kannte es von einem der Porträts unten. Es sah seltsam aus zu ihrem kurzen Haar.

Sie zog eine Augenbraue hoch. »Heißt das nein?«

»Nein«, sagte er überstürzt. »Ich meine ... ja, ich will es.«

»Gut. Dann können wir wieder Freunde sein.«

Ein Blitz flammte auf und zeigte ihre strahlenden Augen.

»Hast du das Unwetter ausgelöst?«, flüsterte er. »Meinetwegen?«

Sie lächelte schwach. »Wie könnte ich das?«

»Mach dich nicht lustig über mich«, murmelte er.

Das ärgerte sie. »Du hast es immer noch nicht gelernt!« Sie beugte sich vor und sagte kalt und brüsk: »Ich mag dich, Mick, aber sobald du unsere Gaben annimmst, haben wir das Recht, Bezahlung zu verlangen. Fürchte uns, vertraue uns nicht, weil uns nicht zu trauen ist. Wir sind so wechselhaft wie der Wind. Wir haben kein Herz. Aber wir haben alles andere, wovon du nur träumen kannst.«

Mit einem Seidenrascheln stand sie auf, ging zum Fenster und öffnete es. Der Wind stob herein, dass die Glockenspiele in einer plötzlichen Kakophonie klirrten und der mitgeschleuderte Regen Mick frösteln ließ. Sofort dachte er an die Ernte, an die Meilen zerstörter Frucht.

Rowan drehte sich um, die Ellbogen aufs Sims gestützt. Kein Tropfen befleckte ihr Kleid. »Du kommst also?«

»Wohin?«

»Ich habe es dir gesagt. Heute Nacht spielen wir auf dem Eilderfeld. Das Unwetter wird uns nicht stören. Zieh dich an, Mick. Wir brauchen alle unsere Musiker.«

Das war ein Befehl. Er würde es nicht wagen, ungehorsam zu sein.

Nach einem Augenblick schwang er die Beine aus dem Bett. Sein Körper war kalt, als hätte etwas Menschliches ihn verlassen.

Katie prallte zum dritten Mal an die Fahnenstange und schrie vor Verzweiflung. Hinter ihr kicherten sie und sie fuhr sofort herum, doch die Nacht war eine brausende Leere.

Sie führten sie im Kreis herum. Immer wenn sie auf das Herrenhaus zulief, drängte der Wind sie ab, der Regen nahm ihr die Sicht.

»Lasst mich in Ruhe!«, rief sie, nahm die Eisenscheibe aus der Tasche und zog die kalte, nasse Kette über das triefende Haar. Dann rannte sie wieder los.

Diesmal kam sie bis ans Tor.

Ungeduldig sprang sie darüber, sie sah, dass es im Haus vor Lichtern wimmelte. Blau und klein funkelten und blinzelten sie hinter allen Erdgeschossfenstern, winzige Kugeln tauchten auf und winkten aus den dunklen Räumen. Manche waren draußen auf dem Rasen; sie glitten auf sie zu. Katie achtete nicht darauf und lief über das durchweichte Gras zwischen den Blumenbeeten, die der Wind flachgelegt hatte.

Micks Fenster war dunkel, aber offen, die Vorhänge wehten hinein.

»Mick!«, schrie sie.

Mick hörte sie, als er halb die große Treppe hinunter war, und hob jäh den Kopf hoch. »Was war das?«

»Nichts.« Rowan kam gelassen herunter und rauschte an ihm vorbei. »Du wirst nervös, Mick.«

Sie führte ihn unter den Porträts entlang und sah dabei aus

wie eine Gestalt, die aus ihrem Bilderrahmen getreten war. Sie durchquerten die Südhalle und sie riegelte das Tor auf, wobei Spinnwebfäden durch die unruhige Luft wehten. Mick schaute zurück und sah die stillen Lichtkugeln in den Korridoren und allen Räumen.
Als die Tür offen war, legte sie ihm eine Hand auf den Rücken und schob ihn hindurch. Sie ließen sie weit offen. Auf der Treppe nahmen sie kein Unwetter wahr. Mick ging in einer stillen Nacht auf nassem Gras und über ihm hing der Mond, eine Eule flatterte geräuschlos darüber weg. Welten entfernt heulte ein wilder Sturm.

»Mick!«
Sobald sie ihn sah, kämpfte sich Katie ihren Weg durch den Sturm über dem Gras. Dann blieb sie atemlos stehen. Er schaute nicht auf, er schien sie gar nicht wahrzunehmen.
Wütend wandte sie sich an Rowan. »Was haben Sie mit ihm gemacht? Lassen Sie ihn in Ruhe!«
Die Frau lächelte, ihr Blick war scharf, ihre Stimme träge. »Warum sollte ich?«
»Warum kann er mich nicht sehen?«
»Weil er nicht will. Geh nach Hause, Mädchen. Lass du ihn in Ruhe.«
»Nein!« Katie drängte sich an ihr vorbei, packte Mick am Ärmel und spürte nichts als Regen, ihre Finger griffen direkt durch ihn hindurch.
»Mick!«, schrie sie verzweifelt und entsetzt.
Abrupt schaute er auf. Rowan lachte.
»Katie? Wo bist du hergekommen?«
»Ist alles in Ordnung?«
»Mir geht's gut.« Er rieb sich mit einer Hand das Gesicht.
»Schau, du musst nicht mit ihr gehen …«

»Ich will aber.«
»Ist …«
»Ich will gehen.« Er sagte es kalt und schaute sie direkt an, sein Gesicht war so weiß, als wäre es vom Mondlicht beschienen. »Ich muss. Misch dich nicht ein, Katie, das geht dich nichts an.«
Verängstigt flüsterte sie: »Zwingt sie dich?«
Eine Sekunde lang schwieg er. Dann sagte er: »Nein. Ich will es wirklich.«
Er meinte es.
Fassungslos und elend vor Verzweiflung sah sie die beiden durch den Regen davongehen. Dann bemerkte sie, dass sich die Erdlichter um sie drängten. Jetzt waren es leuchtende Steine, die von Kindern getragen wurden, einem Kreis schöner blonder Kinder, etwa acht, mit schmallippigen Gesichtern.
Katie wich zurück, Kies knirschte unter ihren Füßen.
Die Kinder liefen ihr nach. Eins kicherte und zeigte dabei scharfe Zähne.
Der erste Stein traf sie ins Gesicht. Katie schnappte nach Luft und legte die Hand auf den blutigen Kratzer. Dann hagelten weitere Steine mit scharfen blauen Funken auf sie herab, die Kinder lachten und kreischten.
»Mick!«, schrie sie, »Mick!« Aber er ging mit Rowan davon und schaute sich nicht um, kein einziges Mal, und sie schrie und taumelte zurück, die Arme über dem Kopf, bis die harte Spitze von etwas Kaltem sie in den Rücken stieß und sie zusammenbrach und geduckt auf den nächsten Schlag wartete.
Nichts geschah.
Eine lange Minute lag sie da. Dann sah sie durch ihre Haare, dass der Rasen dunkel und leer im strömenden Regen lag. Steif setzte sie sich auf, zog ein Papiertaschentuch heraus

und wischte sich damit die Wange. Blut lief herunter. Ihre Schultern und Arme schmerzten von den Prellungen. Ihre Hände zitterten. Sie murmelte ein paar wütende, hilflose Flüche.
Als sie aufschaute, stellte sie fest, dass sie bis zum Springbrunnen von Apollo zurückgewichen war. Der junge Gott sah zu ihr herunter, aus seinen Locken rann das Wasser, seine Hand war in lautloser Musik auf den Leiersaiten erstarrt. In den Teich prasselten die Regentropfen.
In einer kurzen Windstille hörte sie schwach Musik vom Eilderfeld, eine Trommel wurde bereits geschlagen.
»Sie haben Mick«, flüsterte sie zu Apollo hinauf. »Und ich weiß nicht, was tun.«

TEIL DREI
Der Kornkönig

FÜNFZEHN

Sie hielt die milchweiße Stute an,
True Thomas saß hinter ihr auf,
Und als das Glöckchen im Zaumzeug erklang,
Begann der windschnelle Lauf.

ÜBERLIEFERT

Mick lag in der Nachmittagssonne. Über ihm schimmerten Lichtflecke auf den Eichenblättern.

Weit entfernt, schwach wie im Traum, hörte man das Sägen und Hämmern der Reparaturarbeiten auf dem verwüsteten Jahrmarktfeld. Jenseits der Wiese wogte das Korn mit seiner leisen Musik

»Sag es noch mal«, murmelte er schläfrig.

Rowan strich mit dem Daumennagel durch den letzten Gänseblümchenstängel, den sie vorsichtig aufreihte. Dann ließ sie die krumme Krone auf seinen Kopf fallen.

»Kornkönig«, flüsterte sie.

Grinsend blies er hinauf. »Das kommt mir in die Augen.«

Sie rückte die Krone gerade.

»Im Land der Jungen«, sagte sie leise, »gibt es keinen Regen, keine Traurigkeit, keine Schmerzen. Früchte und Blumen wachsen auf den Bäumen; ewig ist dort Sommer, ewig ist es warm. Jeder hat alles, was er braucht. Niemand muss arbeiten.«

»Das ist das Beste.«

Sie lächelte auf ihn herab. »Und mein Haus, Mick. Es steht auf der Klippe und schaut aufs Meer. Säulen aus weißer Bronze, zarte Vorhänge und Musik, die ganze Zeit Musik, weil es keine Zeit gibt, und durch die offenen Fenster hört man die singenden Vögel in den Wäldern. Niemand stirbt, niemand wird alt. Niemand ist einsam.«

Er schwieg mit geschlossenen Augen. Dann rollte er sich herum und schaute zu ihr auf. »Ich wollte, es würde existieren.«

»Es existiert. Euer Jahrmarkt ist nur ein Echo davon. Für jene, die den Preis zahlen, kann es der realste Ort sein, den sie je kennen lernen.« Sie lehnte sich zurück und stützte sich auf die Ellbogen. Heute trug sie Jeans wie Katie.

»Weißt du, Mick, das ist es, was sich alle Künstler und Musiker wirklich wünschen, auch wenn sie es selbst nicht wissen. Aus der Welt hinauszutreten. Ich sollte es wissen.« Sie lachte leise bei der Erinnerung. »Ich habe so viele von ihnen im Lauf der Jahrhunderte gekannt. Thomas und Tam Lin, Taliesin, Conle, Oisin. Keiner von ihnen konnte widerstehen.«

Er betrachtete sie. Wie immer verwirrte ihn, was sie sagte, es hypnotisierte ihn fast. Dunkel ahnte er, dass er sich verlor, aber jetzt war das nicht so wichtig. Seit dem Gewitter vor zwei Nächten hatten sie ihn nie allein gelassen; in seinem Zimmer, im Herrenhaus, bei den Sessions und Tänzen auf dem Jahrmarktfeld waren immer einige von ihnen dabei, immer sprachen sie mit ihm.

Er stellte fest, dass es ihn nicht mehr störte. Es war sehr dumm von ihm gewesen, sich vor ihnen zu fürchten. Vielleicht schadeten sie ihm, man wusste nie, was sie tun würden, aber das war seine Chance, seine einzige Chance, der Beste zu sein, anders zu sein als alle anderen. Aus dieser Welt hinauszutreten.

Rowan tippte ihn mit einem Gänseblümchen an. »Du bist müde. Schließ die Augen.«
Er gehorchte, drehte sich um und streckte sich im Gras aus, wo er nichts sah als eine rote Hitze, die unter seine Lider glitt, und während er da lag, wärmte die Julisonne ihm Gesicht und Hals. Ihre Stimme kitzelte ihn, sie war so nah wie ein Flüstern.
»Schlaf ein.«

Sie ritten auf einem weißen Pferd. Allmählich wurde ihm das klar und er wusste, dass sie seit Stunden, seit Jahren ritten und dass er sich an Rowan vor ihm festhielt, und unter ihnen war Wasser, die grünen, unwahrscheinlichen Tiefen der See mit schreienden weißen Möwen darüber.
Sie galoppierten durch Sprühnebel und Gischt, die Pferdehufe waren schaumbespritzt, der Salzgeruch frisch und belebend. Micks Gesicht war nass; er stieß einen Freudenschrei aus, sodass die Salzschwalben vom Wellengekräusel aufflogen, und Rowan drehte sich um und lachte ihm über die Schulter zu.
Die ganze Welt war Wasser, eine steigende Oberfläche aus Schaumflecken, und als er sich hinunterbeugte, sah er sein Gesicht gespiegelt und dann mit einem Schock eine andere Landschaft darunter, weit unten in den Tiefen, ein ganzes anderes Land, das dort untergegangen war. Er sah die Hügel und Bergketten, die grünen Täler, in denen winzige Schafe auseinander liefen, als der dunkle Pferdeschatten auf sie fiel.
»Wo ist das?«, fragte er atemlos, doch Rowan lachte nur.
»Wer weiß?«, rief sie über das Möwengeschrei.
Dort unten waren auch Leute. Sie kamen aus ihren Häusern und Bauernhöfen gerannt und deuteten verwundert zu ihm hinauf.

»Träume ich?«, fragte er, während das Pferd über den winzigen grauen Turm einer versunkenen Kirche galoppierte.
»Natürlich träumst du.« Rowan schaute mit scharfem Blick voraus, die kleinen Monde schaukelten an ihren Ohren. »Das Leben ist ein Traum, Mick. Das ganze Leben.«
Das Pferd lief schneller, Sprühwasser spritzte hoch. Plötzlich sammelte sich Meeresnebel um sie, eine kalte Feuchtigkeit, die sich auf Micks Haar niederschlug und ihn frösteln ließ. Als sie hindurchrasten, sah er flüchtig Dinge im Grau: einen Falken, der eine Schwalbe jagte, der kleine gewandte Vogel flitzte an seiner Schulter vorbei; und wenig später stürzte ein Hase mit schreckgeweiteten Augen aus dem schimmernden Nebel und war sekundenschnell verschwunden, hinter ihm ein jaulender Windhund, der fast über die Beine des Pferdes fiel. Rowan sagte nichts; er fragte nicht.
Später hörte er über sich ein seltsames rhythmisches Knarren und schaute hinauf in die Wolken; vier Schwäne flogen hoch oben, mit glänzenden silbernen Ketten zu Paaren gebunden, und waren gleich darauf in Nebelfetzen verschwunden. Rowan sah einmal hinauf, dann trieb sie das Pferd an, die Glocken an seinem Geschirr bimmelten bei ihrem schnellen Ritt.
Als Mick aus den Wolken brach, stockte ihm der Atem vor Entzücken, denn jetzt war das Meer eine endlose Ebene mit prächtigen Blumen, rot und golden und blau, und weit im Osten lenkte ein hellhaariger Mann eine feurige Kutsche darüber, er peitschte zwei glänzende Rappen zu einem großen Steinturm, dessen Wimpel im Wind flatterten. Rowan hob die Hand und winkte und der Mann winkte zurück, er rief etwas, seine langen Haare wehten im Meerwind.
»Wer war das?«, fragte Mick.
Rowan lachte nur. Dann schrie sie: »Schau nach vorn!«

Über der Ebene sah er jetzt eine aufsteigende Insel. Ihre hohen Gipfel leuchteten grün in der Sonne; selbst von hier aus erkannte er, dass sie von Eichenwäldern bedeckt waren, er hörte den Gesang zahlloser Vögel. Die lieblichen Blumen wuchsen spärlicher, bis das Pferd wieder über Wasser galoppierte; hier gab es Strände mit gelbem Sand, Buchten und Lagunen und auf der Klippe ein großes Haus mit Mauern aus merkwürdigem, schimmerndem Metall und purpurnen Seidenvorhängen, die sich an den Fenstern blähten.
»Mein Haus«, rief Rowan triumphierend.
»Ich sehe es! Aber wer ist das am Strand?«
»Am Strand? Wo?« Es klang aufgeschreckt.
»Bei dieser Höhle. Da wartet jemand auf uns.«
Als sie näher kamen, sah er sie deutlich. Die blonde Frau trug ein gelbes Sommerkleid wie auf dem Foto auf dem Schreibtisch seines Vaters. Eine Sekunde lang hatte er gedacht, es sei Sandy, aber jetzt, als seine Hände vor Angst und bitterer, herzzerreißender Sehnsucht brannten, wusste er, dass es seine Mutter war, seine richtige Mutter, an die er sich nie erinnern konnte; sie war gestorben, als er kaum zwei war.
»*Nein!*« Mit zornigem Zischen hielt Rowan das Pferd an; es wieherte, kam schlitternd zum Stehen und spritzte so viel Wasser über sie, dass Micks Gesicht ganz nass wurde.
Seine Mutter saß auf einem Fels und schaute nach ihm aus. Sie war ruhig, lächelte noch nicht einmal.
»Träume ich immer noch?«, flüsterte er ängstlich.
Niemand antwortete ihm.

Er öffnete die Augen. Seine Lippen schmeckten salzig, sein durchweichtes Hemd war halb getrocknet. Langsam setzte er sich auf und wusste, dass das Jahrmarktfeld dunkel war.

Er fühlte sich steif und durchfroren. Stunden waren vergangen.
Von den Wurzeln der Eiche schaute einer der wölfischen Zwillinge vom Kartenspiel auf.
»Wird auch Zeit«, knurrte er verächtlich.

»Aufnahme!«, rief der Regisseur.
Die Kamera schwenkte über das Eilderfeld, über die weiten flachen Kornkreise, die verflochtenen Bögen, die große Spirale in der Mitte. Dann zoomte sie auf einen Mann im grauen Anzug mit gestreifter Krawatte.
»Auf dem großen Lammasjahrmarkt in Stokesey gibt es in diesem Jahr immer wieder Kornkreise«, sagte er schnell in die Kamera. »Vor zwei Tagen, nachdem das Unwetter hier viel Schaden angerichtet hat, wurde dieser, der bisher größte entdeckt. Handelt es sich wirklich um einen dummen Streich, und wenn ja, welcher Betrüger könnte ihn in jener stürmischen Nacht begangen haben? Oder ist es eine natürliche Erscheinungsform? Darüber habe ich mit Dr. Martin Donahue von der meteorologischen Abteilung an der Universität Southampton gesprochen. Wie ist seiner Meinung nach dieses rätselhafte Phänomen entstanden?«
»Okay. Phänomen – ich weiß nicht recht.« Der Regisseur löste sich vom Tor und der Mann im Anzug nahm vom Toningenieur eine tropfende Eiswaffel und schleckte daran. »Kann ich nicht wenigstens die Jacke ausziehen?«, fragte er missmutig.
Katie beobachtete die Männer angewidert.
»Schauen Sie sich die nur an. Kapieren sie nicht, dass die Sache ernst ist?«

Tom kratzte seine stoppelige Wange. »Abergläubisches Volk.«
Sie wusste, dass er die Leute vom Jahrmarkt meinte, und zuckte verlegen die Achseln.
»Wie ich sehe, sind manche abgereist.«
Auch das stimmte. »Ja. Die Sänger aus Tralee sind gegangen. Und einige aus Shetland. Ein paar Stände sind abgebaut. Die Leute wurden vom Gewitter verscheucht. Und vom Rest.«
Tom sah sie scharf an. »Sehr wahrscheinlich vom Rest. Es heißt, dass gewisse Elemente den Jahrmarkt überschwemmen. Viele von ihnen, mal tauchen sie hier auf, dann sind sie verschwunden, plötzlich wieder da. Auf dem Eilderfeld brennen die ganze Nacht Feuer. Und morgens noch nicht mal ein angekohlter Zweig. Ich weiß es, ich habe nachgeschaut. Musik zu allen Stunden; selbst zu Hause kann ich sie nachts hören. Zelte, die noch keiner zuvor gesehen hat. Dinge funktionieren nicht, andere sind weg. Und in dieser Regennacht, hat mir jemand erzählt, waren überall im Herrenhaus Lichter, blaue flackernde Dinger.«
Sie schaute hinaus auf das flachgelegte Getreide, über dem die Schmetterlinge tanzten. »Sie glauben also an Übernatürliches, Tom?«
Der Platzwart stieß ein raues Lachen aus. »Wenn du so lange gelebt hast wie ich, glaubst du an immer mehr, nicht an immer weniger. Aber warum sie gekommen sind und wer sie hergebracht hat, weiß ich nicht. Ich finde, in der Lammasnacht beim Erntefest sollten wir sehr wachsam sein.«
»Warum?«
Er sah sie kurz an. »Du weißt warum. Das Jahr hat Ritzen. Lücken. Da gibt es Wege zwischen Welten. Du könntest

durchfallen, direkt aus der Welt hinaus. Das Erntefest ist so etwas. Das Einbringen der Frucht, die Jahreswende. Und diese Leute, die wollen immer jemand holen.«

Sie wollte sagen: »Mick wollen sie holen«, aber noch als sie es dachte, kam Micks Vater durch das Tor. »Sind diese verdammten Reporter noch nicht fort?«, schäumte er und überflog ein Papier auf seinem Klemmbrett. »Hör mal, Tom, geh hinüber zum Feld. Irgendein Idiot hat alle neuen Seile am Kunstgewerbezelt losgemacht.«

Tom schaute rasch zu Katie hinüber. »Immer mit der Ruhe, Chef.« Er ging davon. Mr Carter wandte sich wütend an das Fernsehteam. »Wie lange geht das noch?«

»Nur noch ein paar Aufnahmen.« Der Regisseur winkte und kaute an einem Stift. »Das ist alles, was wir brauchen.«

Als Mr Carter wieder gehen wollte, fragte Katie leise: »Wie geht es Mick?«

»Gut. Nun, ehrlich gesagt, er hat uns einen kleinen Schreck eingejagt. Vor ein paar Nächten. Ich frage mich, ob es nicht Asthma ist – dieses viele Musizieren macht es nicht besser.«

»Aber jetzt ist alles wieder in Ordnung mit ihm?«

Er wischte unbeholfen über das Papier. »Katie, ich muss zugeben, ich habe so viel zu tun, dass ich ihn kaum zu sehen kriege. Alles scheint falsch zu laufen. Als ob es jemand darauf angelegt hätte, mich auf Trab zu halten. Er scheint auch bei den Mahlzeiten nie da zu sein. Du siehst wahrscheinlich mehr von ihm.«

Nein, ich sehe ihn auch nicht, dachte sie, als sie ihm nachschaute. Seit dem Sturm haben Rowans Leute Mick nie allein gelassen. Wo immer er war, da waren sie auch: die wölfischen Zwillinge, der große Hinterhältige, die drohenden Kinder. Mick war mager, jeden Tag sah er abgespannter aus. Katie hatte kaum ein Wort mit ihm wechseln können. Sie

nährten sich von ihm, und niemand schien das auch nur zu bemerken.
Katie trat erbittert gegen das Tor. Sie hatte keinen Plan, niemanden, der ihr riet, was tun. Und wenn sie ihn mitnahmen, ihn durch den Spalt der Lammasnacht in die Finsternis schleppten, und sie nichts getan hatte, um das zu verhindern? Wenn nur Alex dageblieben wäre! Er wusste Bescheid; sie hatte keine Ahnung.
Sie fröstelte in der Nachmittagssonne und drehte zwischen den Fingern die Scheibe, die funkelte und in der Sonne schimmerte.
Katie wuste, sie musste es noch einmal versuchen. Irgendwie.
»Aufnahme!«, rief der Regisseur.

SECHZEHN

Ich liebe die Liebste, sie weiß und versteht,
Ich liebe den Boden, auf dem sie geht.
Doch wenn ich sie nicht mehr sehe auf Erden,
Wie kann ich, was sie mir war, für sie dann werden?

ÜBERLIEFERT

Sandy zog die Bremse am Kinderwagen an und spähte unsicher in den Stand. Der Kräutergeruch war würzig und stark; sie sah, dass duftender Qualm aus einem Weihrauchbrenner im Hintergrund stieg. In allen Ecken schienen Gesichter, die in Spiegel und Kerzen geschnitzt waren, sie zu beobachten.

»Hallo«, rief sie leise. »Ist jemand da?«

Die Glockenspiele klirrten, eine zarte, unheilvolle Warnung. Also hier hatte Mick sie bekommen. Sandy betrachtete sie und fand sie geschmacklos, grobe Metallreste und krummes Holz, aber als sie wieder klangen, fragte sie sich, wie das Halbdunkel sie getäuscht haben könnte, denn jetzt waren es zierlich gravierte, kostbare, elegante Formen, manche aus Silber, und ihr Geläute war leicht und anmutig.

Ein Vorhang bewegte sich. Ein kleiner, hässlicher Mann schob sich durch, sein Kopf war kahl, die hellen Augen zusammengekniffen. Er trug ein rotes Halstuch und eine Moriskenjacke, die aus zerlumpten Stoffstreifen zusammengenäht war.

»Wollen Sie etwas kaufen?«, fragte er grinsend.
»Nein.« Sandy starrte ihn an. »Ich suche Mick. Jemand sagte, er wäre hier.«
»Mick?« Höhnisch stieß er den Namen aus.
»Mick Carter.«
Der Mann lachte spöttisch. »Ich weiß. Ihr neuer kleiner Sterblicher. Mal sehen.«
Er ging so schnell weg, als hätte er sich in Luft aufgelöst. Sie fühlte sich unbehaglich in dem Stand mit seinem süßen Geruch nach Räucherstäbchen und Ölen, mit den dunklen Stoffgehängen in den Ecken, auf denen winzige Monde glitzerten. Sie schob das Baby weiter hinaus in die Sonne und bemerkte, wie die vertrauten Geräusche des Jahrmarkts hier lauter schienen.
»Mick ist nicht hier.«
Eine große, rothaarige Frau lehnte an der Zeltstange. Sandy starrte sie an. Sie hatte geglaubt, Rowan sei älter, aber das war nicht viel mehr als ein Mädchen mit klarem, glattem Gesicht.
»Jemand hat mir gesagt, er wäre da.«
»Er ist nicht da.« Rowan kam heraus; sie trug ein langes grünes Kleid und war barfuß. »Vielleicht ist er bei den Sessions.«
Auch ihre Augen waren grün, hell und scharf. Sandy kam es vor, als würde die Frau sich über sie lustig machen.
»Dann versuche ich es dort.« Sie löste die Bremse am Kinderwagen; Anna gluckste. »Wenn Sie ihn sehen, sagen Sie ihm bitte, er soll zum Abendessen nach Hause kommen?«
»Wenn ich ihn sehe.« Rowan betrachtete das Baby. »Sie ist hübsch. Ist das seine Schwester?«
Sie kam näher und beugte sich über den Kinderwagen. Sandy befiel plötzlich eine ganz unbegründete Unruhe; am

liebsten hätte sie das Baby herausgeholt und festgehalten. Stattdessen sagte sie: »Sie heißt Anna.«
»Sie sollten nicht so großzügig Namen nennen.« Rowan schaute auf. »Namen sind Macht.« Sie lächelte neugierig. »Sagen Sie, was hält er von Ihnen? Lehnt er Sie ab? Schließlich sind Sie nicht sehr viel älter als er.«
Die Dreistigkeit der Frau machte Sandy sprachlos. Sie wurde rot vor Wut.
»Mick und ich kommen gut miteinander aus.«
»Das hat er mir erzählt. Ich frage mich, ob es stimmt.« Rowan berührte ein Glockenspiel; es läutete leise. »Überlegen Sie doch mal«, sagte sie ruhig. »Jahrelang hatte er seinen Vater für sich allein. Jetzt kommen Sie daher. Er muss sich ausgestoßen fühlen.«
Sandy war es, als griffe eine kalte Hand nach ihrem Herzen. Sofort wusste sie, dass es Furcht war; sie wollte weg, wollte sich nicht noch mehr davon anhören.
»Ich habe es doch gesagt. Uns geht es gut.« Hastig drehte sie den Kinderwagen herum.
»Und seine richtige Mutter? Ich weiß, dass er an sie denkt.«
Wutentbrannt fuhr sie herum. Rowans Augen funkelten spöttisch, ihnen entging nichts.
»Bleiben Sie weg von ihm«, flüsterte Sandy.
Rowan lachte. »Ah, aber er bleibt nicht weg von mir. Er liebt die Musik. Noch mehr als Sie. Sogar noch mehr als seinen Vater.«
Als Sandy wütend und verängstigt über das zertrampelte Gras davonlief, ohne auf das Holpern des Kinderwagens zu achten, starrte sie ins Leere. Hinter dem Eisstand blieb sie abrupt stehen.
»Es ist nicht wahr«, murmelte sie erbittert vor sich hin. »Es ist nicht wahr.«

Katie trat gegen den Stapel Hufeisen. Sie rutschten und glitten metallisch klappernd durcheinander. »Was soll denn das?«
»Martins Einfall.« Ihr Vater hob das verschwitzte Gesicht vom Schmiedefeuer, seine Schürze war rußgeschwärzt. Er streckte sich, als hätte er Rückenschmerzen.
Sie starrte ihn an.
»Er nagelt sie überall an die Stände.« Calum grinste. »Eisen, verstehst du? Das hält die Unirdischen fern.«
Katie strich sich einen orangen Zopf aus dem Gesicht und fragte: »Wie weit ist er gekommen?«
»Drei Stände weiter.« Er betastete seinen neuen Ohrring. »Tun diese Dinger immer so weh?«
»Geschieht dir recht. Zu alt und eitel.«
Sie ging hinaus und an den Ständen entlang. Martin Frobisher war auf einer Leiter vor dem Schmuckstand, wo Anhänger und keltische Broschen in der Sonne glitzerten. Er hämmerte ein Hufeisen an die Zeltstange, während der Standeigentümer besorgt zuschaute.
Frobisher stieg herunter, nahm seinen Hut und sah Katie.
»Hast du den Rest gebracht?«
»Nein. Was machen Sie da?«
Er nahm sie zur Seite. »Ein Schutz. Das mögen sie nicht.«
»Sie?«
Er zuckte die Achseln. »Hast du das Neueste gehört? Platte Reifen an Wohnwagen auf dem Zeltplatz. Heute Morgen hat jemand alle Holzspielzeuge im Kunstgewerbezelt aneinander geklebt, jeden Marmeladentopf geleert und mit Brennnesseln gefüllt. Da hat jemand Streiche gespielt. Aber ich weiß wer.«
Sie sah ihn einen Augenblick an, dann zog sie die Scheibe heraus und zeigte sie ihm. »Was wissen Sie darüber?«

Er drehte sie in seinen Musikerfingern. Die Scheibe war klein, ungefähr wie eine große Münze, und auf einer Seite war ein Kreuz in einem Kreis eingraviert. Auf der anderen, vom Betasten geglättet, war ein Rad, vielleicht auch eine Sonne mit Lichtstrahlen. Während Frobisher die Scheibe betrachtete und Katie ihm dabei zusah, hörte sie rundum den Betrieb und Lärm des Jahrmarktes so real, so normal: bellende Hunde, entfernte Störgeräusche von der Lautsprecheranlage, Akkordeons, umherziehende Familien, Schreie vom Kinderspielplatz.

Frobisher schaute auf. »Gehört das dir?«

»Jetzt ja.«

»Ich bin kein Experte. Es kommt mir wirkungsvoll vor. Eine Art Talisman. Trag ihn, schaden wird er dir nicht.«

Als sie die Scheibe zurücknahm, sah sie die Tanzbühne. Hinter niedrigen Girlanden aus roten und grünen Wimpeln klatschte und stampfte ein Kreis von Männern und Frauen. Sie trugen griechische Trachten, die Frauen bunte Kopftücher. Neben ihnen spielten Musiker; ein Schock durchfuhr sie, als sie Mick sah.

Er saß mit geschlossenen Augen da und spielte Akkordeon. Sie hatte keine Ahnung, dass er das konnte, doch seine Finger bewegten sich gewandt über die Tasten, und die volle, fröhliche Musik regte auch sie so zum Tanzen an, dass sie lächelte. Das Lächeln schwand, als sie ihm ins Gesicht sah.

Es war weiß, fast blutleer. Die Haut war über seine Wangenknochen gespannt; dunkle Schatten lagen unter den Augen. Er öffnete sie einen Moment und schaute sie an, aber teilnahmslos, als würde er sie nicht sehen. Dann drehte er sich um und spielte und lachte, ein kaltes Lachen, das sie noch nie von ihm gehört hatte.

Noch andere waren da, einer mit einer Fiedel, ein anderer

mit Pfeifen. Ein dünnes Mädchen und ein schrumpliger Mann, beide Freunde von Rowan.
Als die Musik aufhörte, drängte sich Katie durch die Menge und lief schnell zu ihm. Sie hatte nicht überlegt, was sie tun sollte.
»Mick!«
Er schaute auf. Einen Moment lang wusste sie, dass es ihm Mühe machte, sich zu erinnern. Dann sagte er: »Katie?«
»Sag nichts. Häng dir das nur um. Häng es um!« Ihre Hände waren an seinem Hals, doch als er die Scheibe in der Sonne schimmern sah, wehrte er sie ab, als würde die Berührung ihn verbrennen.
»Nein! Hör auf!«
»Es tut dir nichts, Mick!«
»Lass mich in Ruhe!« Er riss sich los und schob sie weg.
Die anderen drängten sich bedrohlich um sie herum. Katie achtete nicht auf sie.
»Ich versuche dir zu helfen! Dir ein wenig Schutz zu geben.«
»Ich habe es dir gesagt; das geht dich nichts an.« Er war weiß vor Zorn, machte einen Schritt vor und packte grob ihren Arm. »Lass mich in Ruhe, Katie. Das ist, was ich will. Du verstehst das nicht.«
Den Tränen nahe wich sie zurück. »Und wirst du mit ihr gehen, wenn sie dich darum bittet?«
»Gehen?«, fragte er verwundert.
»Weg. Davonlaufen. Was hat sie dir versprochen, Mick? Das Land der Jungen?«
Überrascht starrte er sie an. »Woher weißt du davon?«
»Es ist ein Traum! Das gibt es nicht …«
Aber sie wurde zurückgedrängt. Ein riesiger muskulöser Mann mit Ohrringen zwängte sich zwischen sie.
»Hau ab, Mädchen.« Es klang bedrohlich.

Sie wollte sich ihm widersetzen, da wurde sie weggezerrt.
Viele winzige Akrobaten umklammerten ihre Hände und zogen sie fort, doch sie riss sich wütend los, drehte sich um und schrie die Meute an.
Als sie sich umwandte, war Mick weg.
Der kräftige Mann war ebenfalls fort.
Als wären sie vom Erdboden verschwunden.

SIEBZEHN

Wir sehen jeden auf allen Seiten und keiner sieht uns.
IRISCH, ANONYM

»Katie hat gesagt, ich soll dir das geben.«
Sein Vater reichte ihm einen Zettel. Mick faltete ihn auseinander und las.

Um Gottes willen, Mick, ich will nur mit dir reden! Triff mich heute Abend um acht beim Apollo-Springbrunnen. Bitte!
Katie
PS. Komm ALLEIN.

Mit einem schiefen Lächeln knüllte er den Zettel zusammen und schob ihn in die Tasche. Arme Katie.
»Was suchst du?«, fragte er träge seinen Vater.
Mr Carter knallte die Schublade zu. »Seit neuestem kann ich anscheinend gar nichts mehr finden!«
Mick grinste. Als sein Vater sich wieder vorbeugte, hatte der kleine Mann mit dem runzligen Gesicht, der auf dem Aktenschrank saß, die Papiere auf dem Schreibtisch durcheinander geworfen. Die Hälfte davon fiel auf den Boden. Mr Carter fluchte. »Mach dieses verdammte Fenster zu!«
Mick gehorchte und lachte dabei in sich hinein.
Vier von ihnen waren im Zimmer. Niemand konnte sie sehen außer ihm. Sie schienen keine Namen zu haben;

sie sprachen selten. Aber er hatte keine Angst mehr vor ihnen.
»Hier ist es!« Sein Vater stand auf, er hielt einen Computerausdruck in der Hand. »Programm für die Erntefestnacht. Ablauf für das Schlusskonzert. Und das Ritual, obwohl das in jedem Jahr das gleiche ist. Ich brauche aber Leute für die Rollen. Hast du Lust, Kornkönig zu sein?«
Die Erwähnung des Erntefests ließ Mick frösteln. Rowan hatte gesagt, das sei die Nacht, in der sie abreisen werde. Sie wollte, dass er mitkam in das Land der Jungen, wie sie es nannte, aber er war nicht sicher, was sie meinte; immer neckte sie ihn. Ein anderer Jahrmarkt vielleicht, das Leben auf der Straße, das Dasein als Musiker. Und warum sollte er nicht mitgehen? Wenn es schief ging, konnte er zurückkommen; er würde manchmal zu Hause anrufen, damit sie sich keine Sorgen machten. Sie hatten ja Anna.
Sein Vater nahm Papiere vom Schreibtisch und stieß dabei ein kleines Foto um. Bevor der runzlige Kobold ihn aufhalten konnte, hatte Mick es aufgehoben und umgedreht.
Seine Mutter schaute ihn an. Sie saß auf einer grünen Bank, hatte die Hände um die Knie gefaltet und lächelte. Das gelbe Sommerkleid war altmodisch und ausgebleicht. Einen Moment lang war ihm völlig klar, dass alles, was er sich gerade eingeredet hatte, Lügen waren. Er wusste, dass er in Gefahr war, in einer schrecklichen, ungeheuren Gefahr, die er kaum begreifen konnte. Dann nahm ihm sein Vater sanft das Foto aus der Hand und betrachtete es.
»Ich meine, wir sollten bald miteinander reden, Mick. Über das nächste Schuljahr.«
Weit entfernt auf dem Jahrmarktfeld begann eine Trommel anhaltend zu schlagen. Das unsichtbare Mädchen schaute auf, ihre Augen glänzten.

Mick schüttelte den Kopf, als wollte er ihn klären. »Was?«
»Vielleicht wenn der Jahrmarkt vorbei ist und ich mehr Zeit habe.«
»Soll das heißen, du lässt mich Musikstunden nehmen?«
»Ich habe nicht ... Nun, wir müssen uns alle Möglichkeiten anschauen, nicht wahr? Lass dir Zeit.«
»Nicht nötig. Ich habe mich entschlossen.« Er stand auf und ging schnell hinaus, das Trommeln war jetzt in seinen Handgelenken und in seiner Brust.
Michael Carter schaute ihm nach. Er fühlte sich schuldig. Mick sah bleich aus. Sie sollten miteinander etwas unternehmen, er würde sich dafür Zeit nehmen müssen. Alle vier, wie eine ordentliche Familie. Er stellte das Foto seiner ersten Frau zurück und lächelte ihr reumütig zu.
»Du hättest gewusst, wie man damit umgeht«, murmelte er.
Ein Windzug wirbelte die Papiere hoch und hätte das Bild umgeworfen, wenn Michael Carter es nicht festgehalten hätte. Wütend schaute er zum geschlossenen Fenster.
Draußen auf dem Korridor lachte jemand.

Im Hauptzelt war ein Konzert; selbst von hier aus konnte Katie das tiefe Dröhnen des elektronischen Basses hören. In den Gärten dunkelte es, die ersten Motten kamen heraus. Sie fröstelte und wünschte, sie hätte sich einen Pullover mitgebracht. Dann schlug die Stalluhr die Viertelstunden und sie wusste, dass es halb neun war.
»Du Miststück, Mick«, flüsterte sie. »Zu ängstlich, um auch nur mit mir zu reden.«
Sie wusste, dass er im Herrenhaus war. Ein Licht brannte in seinem Zimmer hoch oben in dem düsteren Gebäude und zuvor hatte sie die Flöte gehört, zart und fremdartig, mit

einem alten Folksong, den sie aus halb vergessenen Erinnerungen kannte.
Sie stand auf und ging unter dem stillen Springbrunnen hin und her. Apollo schaute zu ihr herunter, als sie stehen blieb.
»Ich gehe hinein«, erklärte sie ihm. »Schließlich können sie nicht bei ihm im Haus sein.«
Sie drehte sich um und lief leichtfüßig über den düsteren Rasen, sprang über die Ecke eines Blumenbeets und rannte die Stufen zur Terrasse hinauf. Hier war es ruhiger. Die Hausecke hielt das Dröhnen des Jahrmarkts fern. Sie ging durch das Tor zu der Tür mit der Aufschrift *Privat* und drückte leicht dagegen. Sie war abgeschlossen.
Katie fluchte leise, biss in eine Haarsträhne, kehrte um und ging um das Herrenhaus herum. Ein paar Fledermäuse flatterten durch die frühe Dämmerung. Alle Fenster waren außerhalb ihrer Reichweite, und die Haupttüren waren abgeschlossen, wie sie angenommen hatte, doch im gepflasterten Hinterhof sah sie, dass die Dienstbotentür einen Spalt offen stand. Mr Carter war gerade herausgekommen und überquerte den Hof mit einem der Techniker vom Jahrmarktfeld.
Schnell trat sie zurück in den Schatten.
»Funken überall …«, hörte sie den Mann murmeln und dann waren sie über das weiche Gras davongegangen.
In Sekunden stand sie an der Tür und schlüpfte hindurch.
Es war dunkel. Der Korridor lag vor ihr. Sie ging am Eingang der Küche vorbei, wo die großen Bratspieße hingen und Zinnschüsseln und Teller auf den langen staubigen Tischen standen. Am Ende des Gangs blieb sie stehen.
Sie war schon viele Male im Herrenhaus gewesen, aber immer mit Mick. Trotzdem würde es nicht schwierig sein, den Weg hinauf zu finden, wenn sie nicht in die Räume

ging. Die Alarmanlage reichte nicht überallhin, hatte er gesagt.
Etwas bewegte sich hinter ihr; sie fuhr herum und fürchtete schon, Micks Vater käme zurück, aber die Tür war immer noch offen, sie sah den bleichen Spalt.
Sie drehte sich um.
Den Korridor mit den Klingeln erkannte sie wieder. Die Klingelzüge waren oben im Schatten und den Spinnweben aufgerollt, unter jedem stand der Name des Raums. Als sie hinaufschaute, läutete leise die Klingel für den Satinsalon, es war nur ein zitterndes Geräusch. Verwirrt starrte sie die Glocke an. Jetzt waren doch keine Besucher mehr da?
Es gab mehr Korridore als in ihrer Erinnerung. Alle waren getäfelt und sahen gleich aus und sie musste falsch abgebogen sein, weil sie plötzlich wieder bei den Klingeln war und nicht verstand, warum. Ein widerlicher Verdacht kam ihr, aber sie verdrängte ihn entschlossen, während sie die glatte Eisenscheibe zwischen den Fingern spürte. Sie musste einfach vorsichtiger sein.
Am Ende der nächsten Biegung war eine geschlossene Doppeltür. Sie öffnete sie leise und schaute hinein.
Der Ostsaal. Sie erkannte ihn an den Samtvorhängen. Hier war die große Treppe. Endlich konnte sie hinauf.
Auf Zehenspitzen ging sie durch die stummen Möbelmassen, fand den Treppenaufgang und schlich empor, wobei sie betete, dass weder Sandy noch sonst jemand plötzlich herunterkam. Es wäre ziemlich peinlich zu erklären, warum sie hier war.
Über ihr an den dunklen Wänden starrten die Porträtierten in ihren Roben und Halskrausen streng herunter, sie schienen sie nicht aus den Augen zu lassen und jagten ihr einen Schauer über den Rücken. Oben auf dem zweiten Absatz

tastete sie an der Täfelung nach dem Griff zur Geheimtür; ihre Finger berührten ihn, einen kalten Ring, und als sie ihn drehte, öffnete sich die Tür. Sie war auf der engen Dienstbotentreppe, die zur Wohnung hinaufführte. Hier brannte eine Glühbirne. Katie ging leise hinauf, kam an einem Fenster zum Hinterhof vorbei und hörte deutlich das Dröhnen des Jahrmarkts. Diese Treppe war schlichter mit stumpfbeigen Wänden, die Bretter knarrten, deshalb blieb sie oben stehen und lauschte ängstlich. Irgendwo über sich hörte sie Fernsehgeräusche, leise Musik und Stimmen.
Sie schlich hinauf zur Tür. Sandy lag auf dem Sofa, sie wiegte das Baby sanft in den Armen und schaute eine Modereportage an.
Katie versuchte Geräusche zu vermeiden, als sie an der Tür vorbei und weiter zu Micks Zimmer huschte. Sie wusste, dass es am Ende des Gangs lag.
An der Tür überlegte sie kurz, was sie tun sollte; dann klopfte sie leise. »Mick?«
Es war ein Flüstern; vielleicht hatte er es nicht gehört.
»Mick. Ich bin es, Katie. Kann ich hereinkommen?«
Einen Augenblick glaubte sie, er sei nicht da. Dann überquerten Schritte den Boden; er öffnete die Tür und betrachtete sie kalt.
»Ich habe auf dich gewartet«, sagte er.
Sie trat beklommen ein. »Was soll das heißen?«
»Sie haben gesagt, dass du heraufkommst.«
Verwirrt schaute sie sich um und riss die Augen auf. Das Zimmer war dämmrig, nur eine Lampe brannte beim Fenster und zwei Motten umflatterten sie wild. An der Decke hing wie ein Schwarm bizarrer Spinnen eine Gruppe von Glockenspielen, die alle leise klirrten.
»Wo hast du die alle her?«

Er sah kurz hinauf. »Egal. Was willst du, Katie? Ich wollte, du würdest aufhören, mich zu nerven.«
Es fiel ihr schwer, bei dem Geklimper und Geklingel im Dunkel zu denken. »Schau, Mick.« Sie ging mit ihm ans Fenster. »Wir waren Freunde.«
»Waren ist richtig.«
Das kränkte sie, aber sie nahm nur die Scheibe vom Hals und hielt sie hoch. »Ich will nichts, als dass du das trägst. Das ist alles. Das könntest du für mich tun.«
Er betrachtete das Eisenstück misstrauisch. »Was ist das?«
»Ich habe es dir gesagt. Eine Art Talisman. Es fällt nicht auf unter deinen Sachen. Niemand würde es wissen.«
»Was soll es nützen?«, fragte er spöttisch.
Unglücklich zuckte sie die Achseln. »Eigentlich weiß ich das nicht. Es könnte helfen, dass du die Dinge anders siehst.«
Sie streckte ihm die Scheibe entgegen. Einen Moment lang betrachtete er sie nur und Katie spürte, wie die Spannung in ihr stieg und ihre Hand zitterte. Er lächelte und sie glaubte schon, er würde ablehnen, doch zu ihrer Überraschung nahm er ihr den Talisman sacht aus den Fingern.
Dann warf er ihn aus dem Fenster.
»Nein!«, schrie sie. Er verschränkte die Arme und lachte sie aus und sie schob ihn zur Seite und beugte sich übers Sims, doch die Nacht war dunkel und der Rasen zu weit unten.
Wütend fuhr sie herum. »Was ist bloß los mit dir? Was ist in dich gefahren?«
»Ich brauche dein dummes Amulett nicht. Ich weiß, was ich mache! Ich bin nicht irgendwie verzaubert.« Er schaute über ihre Schulter und sagte: »Was machen wir nur mit ihr? Sie wird so langsam eine Plage.«
Katie bekam eine Gänschaut.
Das Zimmer war mit einem Mal voller Leute. Direkt hinter

ihr raschelte Seide, als jemand von einem Stuhl aufstand, und ohne sich umzudrehen wusste Katie, wer es war, und dass sie die ganze Zeit da gewesen waren.

»Wir schaffen sie weg«, sagte Rowan liebenswürdig.

Mick hörte auf zu lächeln. »Was soll das heißen?«

»Oh, nicht für lange.« Rowan kam herüber und lehnte sich an die Kommode. »An einen dunklen und sicheren Ort. Von dem sie nicht fliehen kann. Bis die morgige Nacht vorbei ist.«

Dann drehte sie sich um und berührte Mick am Arm und er lächelte ihr zu.

»Denn nach dem Ritual«, sagte sie, »ist es nicht mehr wichtig.«

ACHTZEHN

Um Mitternacht zur Geisterstunde
reiten die Wesen der anderen Welt.
Überliefert

Sofort stand Katie in einem niedrigen, feuchten Keller.

Sie rang nach Atem und unterdrückte einen Schreckensschrei.

Niemand war bei ihr außer Rowan, die Frau wartete oben auf der Treppe mit einer Taschenlampe, deren gelbes Licht ihr Gesicht scharf und verschlagen aussehen ließ. Doch sie war keine Frau. Ein Mädchen. Ein Mädchen so alt wie Katie, so alt wie Mick. Katie trat einen Schritt vor.

»Wo sind wir?«, keuchte sie und schaute sich ungläubig um.

Rowan lächelte freundlich und legte die Taschenlampe hin. »Die lasse ich dir. Ich weiß nicht, wie lange sie brennen wird. Zu essen gibt es nichts, aber du verhungerst bestimmt nicht. Nach dem Ritual wird dich jemand finden.« Sie drehte sich um.

»Warten Sie!« Katie presste die Hände zusammen. »Sie können mich nicht einfach hier zurücklassen!«

»Warum nicht?«

»Jemand wird mich vorher finden. Wenn ich nicht nach Hause komme …«

Das Mädchen lachte, die kleinen Monde schaukelten an ihren Ohren. »Sie werden noch nicht einmal merken, dass du fehlst. Wir können viele Dinge tun, Menschenkind. Eine von uns wird in deinem Bett schlafen und dein Frühstück essen und deine Eltern werden gar nicht wissen, dass nicht du es bist. Auf Wechselbälger verstanden wir uns schon immer.«

Kalt vor Angst starrte Katie sie an. »Das würden Sie nicht tun«, flüsterte sie.

Rowan lächelte spöttisch. »Ich habe es schon getan.«

Sandy schaltete den Fernseher aus und streckte sich, während sie sich fragte, wo Michael sein mochte. Der Jahrmarkt hatte in diesem Jahr nichts als Probleme gebracht, und obwohl sie ihn genossen hatte, würde sie froh sein, wenn er vorbei war, seinetwegen. Und wegen Mick. Mick war sehr, sehr ruhelos.

Spontan ging sie hinaus in den Korridor und zu seinem Zimmer. Vorsichtig öffnete sie die Tür nur einen Spalt.

»Bist du wach?«, flüsterte sie.

Keine Antwort.

Das Zimmer war dunkel und luftig. Als sie die Tür weiter öffnete, rieselte eine Kaskade von Tönen von der Decke. Sie runzelte die Stirn und glaubte, das würde ihn wecken, aber in dem dunklen Bett regte sich nichts. Das Fenster stand weit offen und Sandy wollte es schließen, als sie das ferne Dröhnen des elektronischen Basses und aus der Nähe andere Musik hörte, ein leises Flöten, das sie mit den Händen am Riegel innehalten und hinunterschauen ließ. Es kam vom See; dort sah sie jetzt kleine Lagerfeuer, um die sich Schatten bewegten. Wer zeltete dort? Michael wäre wütend, wenn er es wüsste.

Sie beschloss, es ihm nicht zu sagen. Er hatte genug Sorgen. Der Mond stand am Himmel, ein heller Kreis, der ihr direkt ins Gesicht schien, und als sie sich umdrehte, verdunkelte

ihr Schatten das Bett. Sie trat zur Seite und es wurde von Licht überflutet.
Es war leer.
Sie starrte es furchtsam an, dann schaute sie sich benommen um.
»Mick?«
Die Glockenspiele klimperten ihren silbrigen Spott.
Die Tür zum Bad stand offen, der Raum war leer. Mick war nicht darin. Sandy ging durchs Mondlicht und berührte das Kopfkissen; es war kalt, darunter lag der Schlafanzug.
Langsam drehte sich Sandy um und schaute hinaus zu den Lagerfeuern.

Katie hörte, wie die Tür zuschlug und die Riegel vorgeschoben wurden. Mit einem Wutschrei stürzte sie die Treppe hinauf, warf sich gegen das Holz und hämmerte mit beiden Fäusten dagegen. Es war sinnlos und sie wurde noch zorniger auf sich, weil sie es versuchte. Fluchend drehte sie sich um, hob die Taschenlampe auf und betrachtete ihr Gefängnis.
Es schien ein Keller zu sein. Es war sehr dunkel, die Decke bestand aus einer Reihe von Bögen, die sie über ihrem Kopf berühren konnte; sie senkten sich auf einen schattigen Wald stämmiger Säulen herab. Es stank nach Feuchtigkeit und alten Weinfässern. Große Gespinste aus uralten Spinnweben hingen überall, schwarz von jahrhundertealtem Schmutz. Steinplatten bedeckten den eisig kalten Boden.
Katie schaute auf ihre Armbanduhr. Neun Uhr fünfzehn.
Vorsichtig ging sie die Stufen hinunter und blieb stehen, sie wusste nicht, ob sie allein war oder nicht. Etwas raschelte nicht weit von ihr. Ratten. Das hatte ihr noch gefehlt.
Langsam bewegte sie sich vorwärts, duckte sich unter den Spinnweben und hielt die Taschenlampe hoch, damit sie

sah, wohin sie die Füße setzte. Ihr Atem stieg in einer schwachen Wolke auf. Zweimal stieß sie an Fässer und Kisten; ein Deckel fiel herunter mit einem Krach, dessen Echo von den Wänden hallte.

Sie wartete, ihr Herz klopfte laut. Staub stieg auf und legte sich wieder; der Keller erstreckte sich bis weit in die Ferne. Sie beugte sich vor und griff in das nächste Fass; ein Seil lag darin, eine alte Rolle, und etwas Weiches, Moderiges; sie zuckte zurück.

Jetzt standen die Säulen dicht um sie herum; sie schienen endlos zu sein und Katie erkannte, dass die unterirdischen Räume sehr weitläufig waren, vielleicht lagen sie unter ganz Stokesey.

Falls sie noch in Stokesey war und nicht in irgendeiner ganz anderen Dimension.

»Sei nicht albern«, zischte sie sich an. Sie legte die Taschenlampe weg, holte tief Luft und schrie aus vollem Hals »Hallo!«.

»Ich bin eingeschlossen! HALLO!«

Das Echo nahm es flüsternd und polternd auf, doch selbst für Katie klang es kläglich. Sie stellte sich all die leeren Räume vor, die Korridore und Treppen mit ihren Schatten, die über ihr sein mussten, und hoch oben im Haus Sandy auf dem Sofa vor dem Fernseher.

Es war hoffnungslos.

Sie musste irgendeinen Weg hinaus finden.

Eine Stunde lang wanderte sie zwischen den Säulen des Kellers hindurch, fror immer mehr, wurde gereizter und schmutzig.

Und ängstlich, weil sie inzwischen jeden Orientierungssinn verloren hatte. Säulen und Fässer und Wände aus fettigem kalten Stein verwirrten sie, und als sie stolperte und fest-

stellte, dass sie wieder auf der Treppe kniete, war sie so erschöpft und entmutigt, dass sie sich in den Staub setzte und fröstelte.
Sie lehnte sich an die Wand, schlang die Arme um die Knie und versuchte sich zu wärmen. Denk nach!, befahl sie sich entschlossen.
Aber nichts kam ihr in den Sinn außer der Bitterkeit von Micks Spott, das Aufblitzen der Sonnenscheibe, als sie über das Sims geflogen war, sein merkwürdiges, kaltes Lächeln. Und was Rowan gesagt hatte. Konnten sie wirklich irgendein Geschöpf an ihre Stelle setzen?
Sie wusste, dass sie das konnten. Schon lange hatte sie gewusst, dass sie alles Mögliche tun konnten, und es war dumm von ihr gewesen, Alex nicht von Anfang an zu glauben.
Wenn sie nur eine Tür finden könnte!
Sie schaute wieder auf die Uhr, stellte fest, dass es fast Mitternacht war, und strich sich müde und verzagt die schmutzigen Haare aus den Augen. Morgen war das Erntefest. Morgen würden sie ihn mitnehmen. Sie musste hier raus!
Sie richtete sich auf, streckte sich und schaute sich noch einmal um. Es musste irgendein Gitter geben, durch das sie rufen konnte, ein Fenster, mit Brettern vernagelt, das ihr entgangen war.
Sie stand auf und stieg die Treppe hinunter.
Auf der untersten Stufe erlosch plötzlich die Taschenlampe.

Als Calum McBride mit betäubten Ohren aus dem Konzertzelt kam, wartete seine Frau auf ihn. »War Katie bei dir?«, fragte sie besorgt.
»Nein. Aber sie war vielleicht mit ein paar von den anderen drin. Warum?«

»Ich habe sie den ganzen Abend nicht gesehen.« Jean kratzte sich nachdenklich die Wange. »Sie hat mir gesagt, sie ginge zu Mick.«

»Dann weißt du ja Bescheid. Sie ist im Herrenhaus.«

»Nein, bin ich nicht. Ich bin hier.«

Überrascht drehten sie sich um. Katie grinste sie an, ihr Haar war ein oranges Gewirr. »Ich habe euch erschreckt, stimmt's?«

Ihr Vater sah sie missbilligend an. »In diesem Jahr sind hier viele Fremde. Du weißt, dass du vorsichtig sein solltest.«

Sie zuckte die Achseln und wandte sich ab. »Ich weiß. Reg dich nicht auf.«

Martin Frobisher kam dazu und sie gingen zusammen über das Feld zum Campingplatz.

»Morgen ist der große Tag«, murmelte Calum.

»Wenn alles gut geht.«

»Warum sollte es nicht? Michael Carter ist ein guter Organisator.«

»Das meine ich nicht.« Martins Stimme war dunkel und ernst. »Etwas braut sich zusammen. Du spürst es auch, also streite es nicht ab.«

»Ich bin nur ein Schmied.« Calum lächelte unbehaglich. »Ihr Musiker, ihr seid die Sensiblen.«

Seine Frau schüttelte den Kopf. »Er hat Recht. Zu viel geht schief. Die Leute haben Angst.«

Martin duckte sich unter die niedrigen Äste der Bäume. »Kein Wunder«, murmelte er. »Schaut euch an, wie wir leben – am Rand, außerhalb des Mainstreams, zwischen alten Geschichten und Liedern, an denen wir festhalten, die wir nicht sterben lassen. Folklore. Überreste vergessener Riten wic das Ritual. So viele alte, halb verstandene Formen von Glauben und Aberglauben. Ist es ein Wunder, dass sie auf-

stehen und uns heimsuchen? Und was ist Musik anderes als eine Art Magie?«
Etwas raschelte im Wald. Er blieb stehen und drehte sich abrupt um.
»Wer ist das?«
In dem Gewirr aus Dornensträuchern und Haselnuss regte sich nichts, Mondlicht leuchtete zwischen den Baumstämmen. Eine Eule rief hoch über den Kornfeldern.
»Komm schon«, knurrte Martin. »Komm heraus.«
Sekundenlang glaubten sie, niemand käme, dass sie sich getäuscht hätten. Dann sahen sie zu Martins finsterer Genugtuung einen Mann unter dem nächsten Baum stehen, einen mageren Mann im dunklen Mantel, und als er sich bewegte, schimmerte sein Haar hell im Mondlicht.
»Tut mir Leid«, sagte er leise. »Ich wollte Sie nicht erschrecken.«
Mrs McBride merkte, dass Katie neben ihr schauderte, wohl vor Überraschung.
Martin nahm den Hut ab und kratzte sich die Stirn. »Na so was. Gut, dich wieder hier zu sehen, Alex.«
Der Harfenist nickte gedankenverloren. Sie fanden, dass er blasser war als zuvor, nervös und gereizt. »Ich würde gern mit Katie sprechen«, murmelte er.
Calum schaute seine Frau an, sie zuckte die Achseln. »Komm nicht so spät.« Sie setzten ihren Weg zu den Wohnwagen fort, Martin ging mit ihnen und rief gute Nacht.
»Nun.« Katie verschränkte die Arme. »Das ist eine Überraschung.«
Er trat dicht an sie heran, sein Gesicht war finster, die Augen dunkel in dem unheimlichen Licht.
»Wo ist sie?«, fragte er zornig.
»Sie?«

»Katie. Was habt ihr mit ihr gemacht?«

Das Mädchen kicherte. »Du musst wirklich wieder in dieses Krankenhaus, Alex.«

Er wollte sie packen, aber er wusste, dass das gefährlich war. »Sie kannst du täuschen, aber mich nicht«, sagte er kalt. »Dafür war ich viel zu lange bei deinen Leuten. Sogar im Dunkeln kann ich Hexerei riechen.«

Da zuckte sie kurz zusammen und verwandelte sich vor seinen Augen in ein dünnes, hinterhältiges Geschöpf, langnasig, dünnlippig, grinsend. Dann war sie wieder Katie und ihre Mutter rief sie von der Wohnwagentreppe.

»Ich komme!« Der Wechselbalg drehte sich um und grinste Alex boshaft an. »Geh und sag es ihnen, Harfenspieler. Geh und erkläre alles. Zu gern würde ich das hören.«

»Wo ist sie?«, flüsterte er und wusste doch, dass es hoffnungslos war.

»Wenn die Königin dich sieht, wird sie dir die Seele ausreißen.«

»Das weiß ich. Sag mir, wo Katie ist.«

Das Geschöpf lachte ihn aus, zerzauste sich das orange Haar mit einem Finger und schob das Gesicht nahe an sein Ohr.

»Im Untergrund«, flüsterte es schadenfroh. »In der Hölle.«

NEUNZEHN

Und ach, sie saß, und ach, sie tanzte,
wünschte sich Geselligkeit.
ÜBERLIEFERT

Wenn die Armbanduhr stehen blieb, würde sie allein sein.

Die Uhr war eine Art Freund geworden, die kleinen grünen Zeiger waren der einzige Trost in der Dunkelheit.

Immer hatte Katie gedacht, Dunkelheit sei nur das Fehlen von Licht, aber diese Dunkelheit war etwas Lebendiges, dick und dicht wie schwarzer Samt, der sie erstickte. Sie konnte nicht mehr an Licht glauben. Es würde zu blendend, zu überraschend sein. Vergeblich versuchte sie es sich vorzustellen. Und die Kälte war ein betäubender Schmerz geworden, der ihr so tief in den Knochen steckte, dass er schon immer in ihr gewesen sein musste.

Als die Taschenlampe ausgegangen war, hatte sie sich zu sehr geängstigt, um die Stufen zu verlassen. Wie konnte sie je zurückfinden, wenn sie in die unsichtbaren Hallen hinaustappte und sich zwischen Säulen und Fässern einen Weg suchte? Sie hatte Stunden gebraucht, bis ihr das Seil eingefallen war, und hatte eine Ewigkeit blind herumgetastet, ehe sie es wiederfand. Als sie es sich um die Taille band, wusste sie, dass sich Blinde so fühlen mussten.

Dann war sie losgezogen, durch die großen dumpfen Räume getappt, ins Nirgendwo geschlurft und jede Sekunde hatte sie den hemmenden Ruck erwartet, hatte gefürchtet, das Seil wäre zu Ende oder hätte sich hoffnungslos zwischen den Säulen verfangen, hätte sich vom Fass losgerissen und sie würde es hinter sich herziehen.

Schließlich blieb sie stehen. Sie hatte nicht die Kraft, sich zurückzutasten. Noch nicht.

Fröstelnd und ängstlich setzte sie sich. Manchmal rief sie, manchmal schlief sie sogar, doch immer wenn sie unglücklich und mit Schmerzen aufwachte, war ihr so kalt, dass sie sich die Arme reiben und hin und her hinken musste, um sich wieder lebendig zu fühlen. Die Zeit kroch dahin. Manchmal schaute sie auf die grünen Zeiger und sie hatten sich kaum bewegt. Ihr Herz schien vor Schreck auszusetzen und sie riss die Uhr ans Ohr. Das leise Ticken beruhigte sie wie eine Stimme.

Zwischen Schlaf und Kummer kroch der Kellergeruch in ihre Traumfetzen; ein Geruch nach Erde, Würmern und Verfall. Sie versuchte an Mick zu denken, zu überlegen, wie sie ihn überzeugen könnte, aber was half das schon? Es war ihm gleichgültig. Wenn Rowan ihn bat mitzukommen, würde er es tun. Die Musik war, was er wollte. Nie hatte sie erkannt, was Musik für ihn bedeutete, sagte sie sich, während sie sich mit einer sandigen Hand die Stirn rieb. Niemand hatte es erkannt. Vor allem nicht sein Vater. Und jetzt war es zu spät, denn bald würde Lammas sein, das Erntefest, und sie war hier gefangen und niemand, *niemand* auf der Welt wusste es.

Vielleicht war sie wieder eingeschlafen. Denn als sie die Augen öffnete, hatte sich etwas verändert.

Sie setzte sich auf. Was war es? Ein Geräusch?

Sie rappelte sich auf und schrie: »Mick! Sandy! Um Gottes willen, jemand soll mich rauslassen!«, schlug mit flachen

Händen auf eine Säule und brüllte mit plötzlicher aufgestauter Wut.

Als es vorbei war, drehte sie sich um und glitt an der Säule herunter. Die Stille kam zurück, langsam kroch sie rundum aus Löchern und Schatten. Katies Augen waren nass, aber sie fluchte heftig auf sich selbst, biss auf einen Daumennagel und saugte an einem kleinen Schnitt unter ihrem Knöchel.

Dann erstarrte sie und atmete kaum.

Das war es. Sie konnte sehen! Sie sah ihre Hand und das Seil und einen Schatten, der eine Wand sein musste.

Die Armbanduhr zeigte sechs Uhr.

Irgendwo draußen, weit über ihr, war die Sonne aufgegangen.

Es war Lammas, der Tag des Erntefests.

Alex wartete durchfroren und steif unter den Bäumen. Die Sonne stieg hinter dem Wald auf und wärmte den blassblauen Himmel mit seinen Wolkenschleiern. Alex spürte, wie die Schatten schrumpften, all die Dunkelheit in den Winkeln seines Gemüts. Beim Erntefest würde es heiß sein. Im Morgenlicht leuchtete die Fassade von Stokesey Hall honighell, in den Glyzinenbüschen summten frühe Bienen. Das weiche Gras auf dem Rasen war mit Gänseblümchen übersät, die langen Schatten der Bäume streckten sich darüber. Alex trat hinaus ins Licht und versuchte sich zu wärmen. Die ganze Nacht hatte er im Sommerhaus gelegen, so weit wie möglich vom Jahrmarktfeld entfernt, und leise Flötentöne über den See wehen hören, verführerische Klänge, die an ihm zerrten, aber er war nicht hingegangen, er war zusammengekauert geblieben, schlaflos und krank vor Furcht und Sehnsucht. Jetzt war er müde und benommen und wusste, dass sie hinter ihm stand.

»Sie haben mir erzählt, dass du zurück bist«, sagte sie.
Er drehte sich um.
Rowan saß auf einem heruntergefallenen Ast, ihre Knöchel waren im langen Gras versteckt. Sie pflückte einen Halm, kaute daran und beobachtete Alex aufmerksam. »Du hast deine magische Scheibe verloren.«
Fast hätte er sich an den Hals gegriffen. Ohne die Scheibe fühlte er sich unbehaglich. Rowan sah aus wie immer, aber er wusste nur zu gut, was sie ihn sehen lassen konnte und was nicht.
Er setzte sich neben sie.
»Warum bist du zurückgekommen?«, fragte sie fast freundlich. »Wegen Mick?«
Er strich sich mit beiden Händen das Haar aus der Stirn und vermied es, sie anzuschauen. »In gewisser Weise.«
»Es ist zu spät.«
»Wirklich?«
»Oh ja. Du weißt, was es kostet, mit uns zu brechen. Möchtest du, dass er das alles durchmacht?«
Er antwortete nicht. Selbst jetzt gab es Winkel in seiner Erinnerung, die er nicht aufsuchen konnte; heiße Ecken des Schmerzes, von denen er sich fern hielt.
»Ich habe dich gehasst«, murmelte er.
Sie lachte. »Hass und Liebe sind letzten Endes das Gleiche.«
»Das stimmt nicht.«
Sie rutschte vom Ast, kniete sich vor ihn ins Gras und schaute ihm ins Gesicht. »Aber doch.«
»Wie willst du das wissen? Du kannst nicht fühlen.«
Rowan lächelte. »Das stimmt nicht und du weißt es. Wir haben nur unsere eigene Art und Weise. Ich hatte dich sehr gern.«
»Du hast mich umgebracht. Mich völlig fertig gemacht.«

»Das war die Musik.« Sie kratzte sich die Wange, silberne Armbänder glitten zum Ellbogen hinunter. »Unsere Musik. Und unsere ist die beste. Wenn du sie einmal gehört hast, ist alles andere ein Dschungel aus Lärm. Ohne sie ist die Welt leer. Deshalb bist du zurückgekommen, Alex. Nicht wahr?«

Lange konnte er nichts sagen, suchte nach Worten, bemühte sich, ruhig zu bleiben und außerhalb der Dunkelheit, die ihn bedrohte. Als er aufschaute, war sie gegangen, das Gras stellte sich langsam wieder auf und er war noch nicht einmal sicher, ob sie da gewesen war oder ob er mit sich selbst gesprochen und gestritten hatte, wie er es monatelang immer wieder Nacht für Nacht getan hatte.

Er ging zum Springbrunnen, beugte sich vor und spritzte sich kaltes Wasser ins Gesicht. Katie war immer noch verschwunden, sagte er sich, als er zum Haus hinaufschaute. Ein Fenster stand offen, ein rundes Fenster im obersten Geschoss, und einen Moment lang sah er eine junge blonde Frau herausschauen. Ihre Blicke trafen sich. Dann drehte sie sich um und war verschwunden.

Alex trocknete sich unbeholfen das Gesicht mit dem Ärmel. Der Teich zeigte schimmernde Spiegelbilder, Sonnenstrahlen, Lichtflecken. Geblendet kniff er die Augen zusammen und riss sie gleich wieder auf: Etwas schaukelte da, ein Schatten, der in hellen Kreisen aufblitzte. Er schaute schnell zu der Statue hinauf und sah zu seiner Überraschung, dass in der ausgestreckten Hand des Gottes etwas pendelte, eine kleine runde Scheibe an einer Kette drehte sich im Wind.

Verwirrt schwang er sich auf den Rand des Springbrunnens, nahm die Scheibe von Apollos Fingern und starrte sie an.

»Wie hast du das bekommen?«, flüsterte er.

Das steinerne Gesicht lächelte ihn still und blicklos an.

»He! Was machen Sie da oben?«

Ein Mann mit dünnem grauen Haar war mit einem Klemmbrett unter dem Arm aus dem Herrenhaus gekommen und lief über den Rasen.
Alex sprang vom Brunnenrand und streifte die Kette über den Kopf. Der Mann kam auf ihn zu, er war leicht außer Atem. »Was machen Sie da? Sie sind vom Jahrmarkt, nicht wahr?«
Alex nickte. Dann sagte er: »Sie sind Micks Vater.«
Michael Carter sah resigniert aus. »Sie kennen ihn?«
»Wir sind beide Musiker.« Der Wind blies Alex das Haar über die Augen; er strich es weg und sagte schonungslos: »Er ist in Schwierigkeiten. Sie wissen das, nicht wahr?«
Mr Carter sah ihn ungläubig an. »Wovon in aller Welt reden Sie?«
»Er ist unglücklich. So unglücklich, dass er geht.«
»Geht?«
»Davonläuft. Ist Musik so viel verlangt?«
»Das ist nichts als Unsinn!«, stieß Mr Carter hervor.
»Wirklich? Wann haben Sie ihn zuletzt gesehen?«
Mr Carter wollte etwas antworten, doch dann schwieg er.
»Ich hatte keinen, der mir half«, sagte Alex verzweifelt, »aber er hat Sie. Oder sollte Sie haben. Er braucht Sie.«
Mr Carter war plötzlich wütend. »Ich verstehe nicht«, knurrte er, »was Sie das angeht. Ich bin für meinen Sohn verantwortlich. Und bleiben Sie weg von diesem Brunnen!«
Während er davonging, schaute Alex ihm nach und drehte die Scheibe in den Fingern. Es hatte nichts geholfen. Ohne Katie ging es nicht. Während die vertraute Glätte durch seine Hände glitt, erinnerte er sich an die höhnische Bemerkung des Wechselbalgs.
In welchen Untergrund hatten sie Katie gebracht?

Es war zweifellos ein Spalt.
Sie kratzte mit dem abgebrochenen Ziegel daran; ein weiterer Erdbrocken fiel herunter. Keine Mauer, eine Art Erdwand, die aussah wie eine Mauer. Vielleicht ein Eishaus, unterirdische Tunnel, ein anderer Keller. Rasend vor Hoffnung stieß Katie heftig die Ziegelscherbe hinein, grub und kratzte, damit der schwache Schimmer Tageslicht stärker wurde. Es hatte ewig gedauert, bis sie feststellte, woher das Licht kam. Nach ihrer Uhr war es schon acht. Sie war ausgehungert und schmutzig, ihr Gesicht war sicher mit Dreck verschmiert. Aber das musste der Weg hinaus sein!
Erde fiel herunter; das Loch wurde größer. Dahinter war eine hellere Dunkelheit, ein Gestank nach Fäulnis, der ihr den Atem nahm. Misstrauisch schaute sie hinein. Geschichten von eingemauerten Leichen kamen ihr in den Sinn und sie ermahnte sich, nicht albern zu sein, aber hier im Finstern war es schwierig, nicht daran zu denken.
Etwas bewegte sich hinter ihr.
Sie fuhr herum und stellte sich den großen düsteren Keller vor. Ratten. Eine nagte in der Nähe an Holz, ein anhaltendes Schaben. Sie wandte sich wieder dem Loch zu, holte Atem und steckte den Arm hinein.
Nichts.
Mit Gesicht und Schulter an den Erdwall gepresst, griff sie in Luft. Dann berührte sie etwas Weiches; einen Boden, dick mit Staub und Moder bedeckt. Kleine feuchte Dinge huschten über ihre Finger. Dann spürte sie etwas Hartes, rund und glatt, an einem Ende zersplittert, und erkundete es mit den Fingern: eine Schädelwölbung, ein Nasenrücken, konkave Augenhöhlen. Da zuckte sie schaudernd zurück. Sie erkannte einen Schädel, wenn sie ihn abtastete.
Nach einer Sekunde zwang sie sich, es wieder zu versu-

chen. Sie streckte die Finger über die Knochen hinaus in die Leere.
Da kam eine Hand und packte ihre, sie war kalt.
Und Katie schrie.

Die Grabkammer wartete im Tageslicht auf ihn. Er musste allen Mut zusammennehmen, um unter den Bäumen hervorzukommen und sich neben die bemoosten Steine am Eingang zu stellen.
Niemand war in der Nähe. Es sei denn, sie wären hier, dachte er, und würden ihn aus ihrem Versteck in den hohen Ästen beobachten.
Langsam ging Alex vorwärts.
Im Wald war es still und schwül. Kein Vogel sang. Der Wind hatte sich gelegt; nichts rührte sich zwischen den dunklen grünen Farnen der Lichtung, den steifen Federn der angenagelten Vogelleichen.
Er kauerte sich nieder und schaute in das Hügelgrab.
In allen schlimmen Zeiten, im Krankenhaus, in den Albträumen und Panikanfällen und Schüttelfrösten, von denen er geglaubt hatte, sie würden ihn in den Irrsinn treiben, hatte er sich diesen Ort nie vergegenwärtigen, nie an ihn denken können. Das war der Eingang zu all seinen Träumen und ehrgeizigen Wünschen gewesen, ein Ort ganz wie dieser, der in die gleiche Dunkelheit führte, die gleiche Auslieferung seiner Existenz.
»Katie?«, flüsterte er verzweifelt.
Eine Krähe flog krächzend aus dem Wald. Er beugte sich unter den Eingangssturz und stellte sich das Gewicht des Steins über sich vor, den festgestampften Kalk und die Hirschgeweihe der Erbauer.

»Bist du da?«

Er hatte keine Wahl. Es erforderte seine ganze Kraft, aber er ging geduckt weiter, spürte an den Händen die kalten Wände des Gangs zwischen den Steinen, die feucht vom Regenwasser glitzerten, ging immer tiefer in die Finsternis, bis er das Gefühl hatte, dass sie ihn ganz schluckte, bis er angestrengt und stoßweise atmete.

Da waren seitliche Kammern; er tastete in jede hinein und spürte nur die Schwere und Kälte des Steins, seine erdrückende Gegenwart. Er wusste, dass er zu tief hineinging, geriet in Panik wegen des Gewichts der Erde über ihm und des winzigen fernen Lichtkreises, der den Rückweg andeutete.

»Katie!«

Sie musste hier sein. Er kannte Rowan und ihre Freunde, kannte ihre Vorgehensweise. In der letzten Kammer tastete er die dunklen Wände mit ausgestreckten Fingern ab und betete, dass er Katie berühren würde, aber die Angst wurde jetzt zu viel für ihn, er konnte sie nicht ertragen, er musste hinaus, musste laufen, damit die Finsternis ihn nicht mit ihrem tödlichen Zugriff erstickte. Keuchend duckte er sich mit gesenktem Kopf und beiden Fäusten auf den Boden.

In der Kammer war eine Säule mit eingeschnitzten Spiralen. Schaudernd sackte er an ihr zusammen, er wusste, dass er jetzt keine Kraft mehr hatte. In der Dunkelheit vor ihm raschelte etwas, glitt hinunter und landete in einem Loch.

Er starrte darauf. Dann griff er mit letztem Mut in die Finsternis.

Ihre Hand packte die seine. Sie war so warm!

Auf dem Jahrmarkt drängten sich die Menschen. Lammastag, das Erntefest war immer der Höhepunkt, der Tag, an dem am meisten los war. In allen Zelten gab es Auftritte,

Tänzer und Musiker füllten die Bühnen. Mick beobachtete einen Mann, der auf Stelzen aus dem Wald kam, seine weiten gestreiften Hosen flatterten um die Stangen an seinen Knöcheln.

»Einer von euch?«

»Sie gehören alle mir.« Lächelnd kam Rowan heraus und stellte sich vor den Stand, die silbernen Armbänder glitten ihre Arme hinunter. »Alles gehört mir.«

»Sogar ich?«

»Besonders du.«

Er lächelte und hauchte ein paar leise Töne in die Flöte. Dann spielte er richtig, setzte sich zurück und schloss die Augen; die Sonne schien warm auf sein Gesicht.

Die ganze Nacht war er nicht zu Hause gewesen. Die ganze Nacht hatte die Musik gespielt und er konnte sie immer noch rundum hören. Sein Zuhause war fern und fremd, sein Vater und Sandy erschienen ihm wie Schatten. Hatten sie ihm je etwas bedeutet? Er erinnerte sich nicht. Da war noch jemand gewesen, aber an sie erinnerte er sich auch nicht.

Er ging zu einer fröhlicheren Melodie über, schaute auf und sah, dass Rowan ihn immer noch beobachtete.

»Wann gehen wir?«, fragte er munter.

»Wenn das Ritual vorbei ist«, sagte sie. »Bei Sonnenuntergang.«

»Ich verstehe einfach nicht, wie ich hier sein kann!« Völlig verwirrt betrachtete Katie die düsteren Bäume rundum. »Ich war unter dem Herrenhaus. Ich war in einer Art Keller.« Sie zupfte eine Spinnwebe von ihrer Hüfte und dachte an das Seil.

»Nein, das stimmt nicht.« Er ließ sich auf einen umgestürzten Baumstamm fallen und rieb sich mit der feuchten Hand

die Stirn. »Das haben sie dich glauben lassen. Bei ihnen kannst du deinen Augen nie trauen.«
Sie sah zurück zur Grabkammer und ihrer gähnenden Finsternis. Dann sagte sie: »Es muss schwer gewesen sein hineinzugehen.«
Er lächelte matt. »Ein wenig.«
»Sehr.« Sie ging zu ihm und hockte sich nieder. »Ist alles in Ordnung?«
Er zuckte die Achseln. »Ich glaube schon.«
»Ich hätte nie gedacht, dass du zurückkommst. Ich kann gar nicht glauben, dass du mich gefunden hast!«
»Ich wollte gar nicht wiederkommen. Wahrscheinlich ist mir klar geworden, dass ich nicht vor mir davonlaufen kann.«
Katie schaute ihn an. »Du weißt alles über sie, nicht wahr?«
Er betrachtete seine Hände. »Alles über sie.« Dann schaute er auf. »Hör mal, sie wissen nicht, dass du heraus bist. Wenn wir an Mick herankommen können … was ist los?«
Sie starrte an ihm vorbei aus dem Wald, zum Himmel. Er war dunkel, mit blassen Wolken gesprenkelt, der Mond stand hoch und hell.
»Oh Gott!«, flüsterte sie. »Wie lange waren wir dort drin?«
Ihre Armbanduhr war stehen geblieben. Katie schüttelte sie wütend.
Alex fuhr herum, er rannte, brach durch die stillen Zweige und sie lief ihm nach, bis sie am Seeufer herauskamen und zu ihrem Entsetzen die blauen Glühbirnen in bunten Girlanden am ganzen Ufer entlang hängen sahen.
»Es ist Nacht! Wie kann es schon Nacht sein?«
»Die Zeit läuft anders …«
»Aber die Sonne ist verschwunden!«, stieß sie hervor. »Wir

müssen vor dem Ritual zurück sein, bevor sie Mick mitnehmen!«
Der See vor ihnen kräuselte sich. Harfenmusik klang leise und kunstvoll vom Jahrmarktfeld herüber. Ferner Donner grollte in der schwülen Nacht.
Im Wald hinter ihnen wurde überall gekichert.
»Es hat schon angefangen«, sagte Alex.

ZWANZIG

Alte Hexe, du hast mich getötet.
TRADITIONELLER REEL

Sieben große Räder stürzten brennend den Hügel hinunter, Feuer flammte in Strahlen und sengenden Bögen von ihnen auf. Die Menge jauchzte und schrie und stob auseinander, als das erste Rad in wilden Sprüngen auf das Lammasfeld rollte, sich um seine Achse drehte und mit einem Funkenschauer auf die Seite krachte. In der Dämmerung stank es nach verbranntem Holz und verkohltem Stroh.

Während die anderen Räder um sie herum zusammenbrachen, drängte die Menge wieder heran und zündete Fackeln und Leuchtfeuer an und Mick rannte mit ihnen, verwirrt über die Gesichter rundum, kleine hässliche Männer, schöne Mädchen, Kinder, Männer mit Tiermasken, deren Augen und Kiefern im Flammenschein schimmerten – Katzen, Wölfe, ein Bär im zottigen Umhang, der durch die schreiende Masse sprang und hopste. Die Leute vom Jahrmarkt waren auch hier – kurz sah er Martin und starrte ihn an, als fürchtete er ihn –, aber dann kam Rowan angerannt und fasste ihn am Ellbogen. Sie trug ein Kleid in dunkelstem Violett, das mit winzigen Sternen bestäubt war.

»Komm!«, flüsterte sie. »Gleich fängt es an!«

Sie drängten ihn weiter. Er konnte nicht anhalten, konnte sich nicht umdrehen. Von weitem hörte er jemanden seinen

Namen rufen, doch da begann die Musik und übertönte alles mit einer unbändigen, dudelnden Mischung aus Reels und schottischen Weisen, die alle zum Tanzen verführte. Rundum flammten Fackeln, Wunderkerzen, geflochtenes Stroh, ferne Blitze, und als er zur Mitte des Lammasfeldes kam, sah er mit furchtsamem Schaudern, dass der magische Kreis aufgerichtet worden war, wie immer wie durch einen Zauber über Nacht entstanden.
Es waren zwölf hohe Stangen aus frisch geschlagenem Holz, die nach Harz und Wald rochen, mit schlaff herunterhängenden Zweigen und Rinden, in denen noch Bohrasseln und kleine Käfer krabbelten; um ihre Spitze war eine Art Dach passend gekerbt und geschnitten. Der Kreis war schlicht und bedrohlich, wie er da ins Zwielicht ragte, Überrest eines längst vergessenen prähistorischen Geheimnisses, Schutz und Magie der Ernte. In diesem Jahr war alles anders; in die Stangen waren Gesichter und seltsame Spiralen geschnitzt, Mondringe, alle mit Blumen und geflochtenen Strohgebilden behängt – Rauten, Korkenziehern, Sonnenrädern. Gerstengarben lehnten daran.
Die Menge drängte sich dicht um den Kreis, ging aber nicht in die Mitte, einen Ring aus zertrampeltem Gras mit ein paar Gänseblümchen wie Geisterblumen in dem violetten Licht.
Die Nacht war heiß und schwül. Donner grollte weit weg über den Feldern.
Rauch stieg Mick brennend in die Augen. Er wurde gedrückt und geschoben; einmal versuchte er zurückzuweichen, plötzlich war ihm unbehaglich, sein Herz hämmerte vor jäher Angst, doch sie zwangen ihn nach vorn, eine Wirrnis aus Funken und Gesichtern und plötzlicher Dunkelheit. Rowan wartete. Sie strahlte, als sie ihn sah, packte ihn an

den Handgelenken und zog ihn mit. »Komm schon!«, sagte sie lächelnd.
Er stolperte hinter ihr in den leeren Ring.

Alex kämpfte sich verzweifelt durch die Menge, Katie war hinter ihm und rief Micks Namen. Funken stachen ihr in die Wange. Sie schob eine Hand weg, es war eine Pfote mit schwarzem Fell, verschwunden, bevor sie aufschreien konnte.
»Bleib dicht hinter mir!«, brüllte der Harfenist.
Die Scheibe war mächtig. Katie sah, wie sich die dichte Menschenmasse vor Alex teilte und zurückwich, sie bemerkte das Zischen, die feindseligen Blicke, die unheimliche kalte Schönheit.
Dann waren sie unerwartet umringt von einer Truppe Moriskentänzern mit rußgeschwärzten Gesichtern, rot umrandeten Augen und hohen, mit Fasanenfedern wirr besetzten Hüten, sie sahen aus wie Dämonen aus einem Albtraum. Einer von ihnen spielte auf der Fiedel, die anderen tanzten eine wilde unbändige Posse, bei der sie Stöcke aufeinander schlugen.
Alex ging zu schnell und taumelte gegen einen Tänzer; sofort bildeten die anderen im Zwielicht zischend eine Gasse, die Musik heulte zu einem abrupten Ende.
Ein langes Donnergrollen hallte wider. Alex blieb stehen; Katie holte ihn ein. Alle rußgeschwärzten Gesichter beobachteten sie neugierig.
»Kannst wohl nicht wegbleiben, Harfenspieler«, höhnte eine Stimme.
»Geh direkt hindurch«, murmelte Alex. Er war bleich, seine Augen glänzten sonderbar. »Sie können uns nichts tun.«
Katie fragte sich, ob er es ihretwegen sagte oder seinetwegen.

»Wir können ihnen nichts tun!«, äffte eine andere Stimme ihn spöttisch nach.
»Das glaubt er!«
»Komm und tanze, Menschenkind.« Bemalte Finger packten Katies Hand; sie schüttelte sie wütend ab.
Alex ging weiter, sie folgte ihm. Sie schritten durch die angespannte Stille, die dem Tanz folgte, die rußgesichtigen Geschöpfe links und rechts musterten sie mit scharfen Augen; einige kauerten, einige stützten sich auf ihre langen weißen Stöcke. Am Ende stand der Narr und versperrte den Weg, ein bizarres Geschöpf, dessen Gesicht halb schwarz, halb weiß bemalt war, sein dunkles, glänzendes Haar unter dem Federhut hing bis zur Taille.
Alex blieb nicht stehen. Katie biss sich auf die Lippe. Sie spürte, das die Reihen der Tänzer sich hinter ihr schlossen, die Haut an ihren Schultern und Armen prickelte von ihrer Nähe und der schwülen, elektrisch geladenen Hitze.
Der Narr verschränkte die Arme. Alex ging immer noch weiter, bis er dicht vor ihm stand. In letzter Minute trat das unirdische Geschöpf zur Seite und verbeugte sich mit spöttischer Höflichkeit.
Alex ging an ihm vorbei in die Menge. Heiß vor Erleichterung holte Katie ihn ein. Hinter ihnen brach die ganze Truppe in Gelächter aus.
Jetzt konnten sie durch Rauch und Funken, die in die Nacht stoben, den magischen Ring sehen. In rotem Schein ragte er auf, und als Katie sich durch die vielen Kinder und Tänzer und Stelzenläufer gedrängt hatte, sah sie schließlich die beiden Geschöpfe, die sie erwartet hatte; jedes Jahr waren sie da und standen sich in der Dunkelheit des Rings gegenüber.
Der Kornkönig war jung. Er trug eine Maske mit einem ernsten, ruhigen Apollogesicht und die Krone aus geflochtenen

Kornhalmen und Mohnblumen auf dem strohfarbenen borstigen Haar.
Ihm gegenüber im Schatten stand die Hexe. Sie war eine unförmige Korngestalt mit einem Umhang aus Halmen, der bis hinunter zu ihren Füßen reichte, sodass sie bei jeder Bewegung raschelte wie eine lebendige Garbe. Sie trug eine Maske mit Hakennase und vielen hässlichen Runzeln, doch durch die Augenschlitze sah man grüne, wachsame Augen. Und in der Hand hielt sie ein langes, scharfes Messer.
Alex blieb plötzlich stehen. Katie taumelte gegen ihn. Verzweifelt schaute sie sich um und keuchte: »Wo ist er?«
Der Harfenist griff nach der Scheibe an seinem Hals.
»Schau nach dem Pferd aus!«, schrie er.

Sandy saß am offenen Fenster.
Sie konnte das Feld von hier aus nicht sehen, doch sie hörte die wilde Musik des Erntefests, und wenn sie sich konzentrierte, nahm sie durch das Rauschen der Bäume das Getreide auf den entfernten Feldern wahr, das in seinen langen Reihen schwankte, eine leise, ruhelose Bewegung am Rand ihres Bewusstseins.
Lange hörte sie ihm zu wie einer Stimme. Als der Donner grollte, war er fern, über den Hügeln.
Sie stand auf und drehte sich um, ihr Schatten fiel auf das Bett.
Micks Zimmer war dunkel, an der Decke drängten sich die Schatten, von denen jeder in seinem eigenen schwachen Ton klirrte. Plötzlich kamen sie ihr alle lebendig vor mit ihrem anhaltenden Flüstern und den leisen lockenden Klängen von spröder Schönheit und einer Art Sehnsucht, die sie auch in sich spürte, während sie ihnen lauschte, Sehnsucht nach etwas, das sie weder erklären noch sich ausmalen

konnte. Einen Moment lang empfand sie eine maßlose Begierde.

Dann gab Anna in dem Bettchen nebenan einen gurgelnden Laut von sich.

Sandy schauderte.

Kalt und verführerisch klangen die Glockenspiele in der windstillen Nacht.

Plötzlich lief Sandy zu Micks Bett, schlüpfte aus den Schuhen und sprang hinauf. Hektisch riss sie die Glockenspiele herunter, ohne auf die herabhagelnden Reißnägel zu achten, sie umklammerte die Mobiles fest, damit sie nicht klirrten, keinen Laut mehr von sich gaben. Dass es so viele waren, überraschte sie. Als sie alle abgenommen hatte, zog sie den Bezug vom Kopfkissen, stopfte sie hinein und erstickte sie, als könnten sie aufschreien.

Atemlos trat sie hinab auf den Teppich. Während sie nach den Schuhen tastete, zitterte sie am ganzen Körper wie nach einem Wettrennen oder einem Kampf; trotzdem würde sie das Kopfkissen noch hinunter zum Müll tragen. Sie musste das beenden.

Sie nahm ihre Last unter den Arm, blieb an der Tür stehen und schaute zurück.

Das Zimmer lag still im Mondlicht. Nur der rauschende Baum murmelte draußen.

»Katie!«

Michael Carter drängte sich verschwitzt und wütend durch die Menschenmassen zu ihr. »Um Gottes willen«, knurrte er, »wer sind denn alle diese Leute? Heute Morgen hat mir jemand gesagt, dass Mick …« Da sah er Alex.

»Sie! Sie waren es.«

Katie fuhr herum. »Mick ist in Schwierigkeiten.«

»Aber wo ist er? Ich habe ihn den ganzen Tag gesucht.«
»Bei Rowan. Kennen Sie sie?«
»Ja. Aber was …«
Katie holte tief Luft. »Wir glauben, dass sie ihn mitnehmen wollen.«
Er starrte sie, dann Alex an. Das Fiedeln und Pfeifen steigerte sich, aus den Reihen der Musiker brauste die vertraute Musik des Erntefests, aber sie war gefährlich verfremdet. Die Hexe hob die Arme, das Messer glänzte. Der Kornkönig beobachtete sie durch die Schlitze in seiner Maske. Sie ging um ihm herum, doch er stand still im Halbdunkel, der frühe Mond schien durch die Bäume und versilberte die Umrisse des Kreises.
»Wollt ihr damit sagen, dass diese Reisenden meinen Sohn entführen werden?«
»Er will mit ihnen gehen«, sagte Alex ruhig.
»Unsinn! Wo sind sie?«
»Ich weiß nicht!« Katie drehte sich um. »Aber etwas stimmt hier nicht. Mit dem Messer. Schauen Sie sich das Messer an!«
Es war ein richtiges Messer. Jetzt sahen sie es. Nicht die stumpfe hölzerne Kopie – eher eine Sichel, gebogen und scharf, das Mondlicht funkelte auf der Schneide.
Die Hexe kreischte. Die Menge lachte mit ihr, ein schadenfroher Jubel, und dann, bevor Alex sie festhalten konnte, lief Katie in den Kreis. Ohne auf die geschwungene Sichel zu achten, packte sie den Kornkönig und zerrte ihn weg. Die Menge zischte und pfiff. »Mähe das Korn!«, schrie jemand und der Ruf wurde von zornigen Stimmen aufgenommen, die in rachsüchtiges Gebrüll ausbrachen: »Mähe das Korn! Schneid es ab!«
Katie hielt den Kornkönig unnachgiebig fest, während er

sich wehrte. Die Hexe stand still, sie hatte die Arme über den Halmen verschränkt. Dann war Mr Carter da, verwirrt und bleich. »Was ist los, Katie? Sag es mir!«

»Hier!« Zu atemlos, um etwas zu erklären, packte sie die Maske und riss sie herunter. Entsetzen erfasste sie, als der Blitz zuckte und der zerzauste Junge sie schadenfroh ansah. Sie zitterte vor Schreck, während sie ihn anstarrte.

Es war nicht Mick.

EINUNDZWANZIG

Und siehst du dort diese schöne Straße,
Zwischen den Farnen am Bergeshang?
Ihr folgen wir ins Land der Elfen
Bei unsrem heutigen nächtlichen Gang.
ÜBERLIEFERT

Die Zuschauer brüllten vor Lachen.

Sie sprangen und schrien, und Katie wurde es heiß vor Wut.

»Wo ist er?« Sie schüttelte den Jungen, doch er kicherte so, dass sie ihn zornig zu Boden warf und die Hexe anbrüllte. »Sag es mir!«

Die Hexe zog die Maske herunter; ein ebenso runzliges Gesicht war dahinter. Sie zwinkerte ihnen viel sagend zu.

Katie ballte die Fäuste, aber jetzt hatte Alex sie am Arm gepackt. Er zog sie aus dem Ring und aus der Menge, Mr Carter folgte ihnen, von lautem Johlen und Schreien begleitet, und die Musik brach wieder los.

»Ich weiß, wo sie sein werden!«, rief Alex.

Sie rannten über das Jahrmarktfeld. Es war verlassen; Abfälle flatterten im aufkommenden Wind; die Feuer waren erloschen. Die meisten Stände waren geschlossen, während ihre Besitzer das Ritual verfolgten, die farbigen Glühbirnen schaukelten seltsam verloren. Eine Papiertüte wehte an Katies Knöchel, während sie rannte. Flüchtig empfand sie das traurige Ende des Jahrmarkts. Morgen würden alle zusammenpacken und ihres Wegs gehen. Es war Erntefest und es war August, die Ernte wurde eingebracht, und obwohl noch warme Tage bevorstanden, war der Höhepunkt des Sommers gekommen und gegangen; das Jahr war an seinem Wendepunkt, und wie immer spürte sie, dass sie etwas verloren hatte.

Sie rannten aus dem Tor durch die Wagenreihen auf den Rasen von Stokesey zu.

Katie sah den Mond über dem schwarzen, glitzernden See. Das Haus war dunkel, kein Licht brannte; hier leuchtete nur der Mond, er hatte verschwommene weiße Ränder, und fern flackerten Blitze auf. Der Rasen schimmerte silbern, ebenso das Sommerhaus, ein kleiner Pavillon aus bleichem Holz. Und dort am Rand des Sees sah sie plötzlich ein weißes Pferd im Gras weiden, an seinem Geschirr funkelten kleine Glocken. Rowan schwang sich auf seinen Rücken; dann beugte sie sich zu Mick hinunter, der den Kopf des Schimmels streichelte, den Flötenkasten hatte er unterm Arm.

Er schaute zurück und sah sie.

Ganz still blieb er stehen.

Katie lief zu ihm und hielt jäh an. Die Kälte in seinem Blick stieß sie ab. »Geh nicht«, flüsterte sie.

Er schaute über ihre Schulter. »Warum hast du ihn mitgebracht? Ich habe dir gesagt, du sollst dich nicht einmischen!«

»Sei nicht so dumm. Natürlich kann ich das nicht.« Sie spürte, dass Mr Carter atemlos hinter ihr stand.

»Was geht hier vor, Michael?« Es klang hilflos.

Mick wandte sich Rowan zu. Sie zog belustigt eine Augenbraue hoch.

Dann sagte er: »Du würdest es nicht verstehen. Dass ich Musik mache, interessiert dich nicht, aber sie. Ich habe viel von ihnen gelernt. Jetzt kann ich spielen.« Er kam näher, als wollte er eine Kluft überbrücken. »Jetzt bin ich nicht mehr nervös, nicht mehr unbeholfen, ungeschickt und verängstigt wie früher. Ich spüre diese Kraft in mir. Ich lasse nicht zu, dass du sie mir nimmst.«

Sein Vater drängte sich an Katie vorbei. »Natürlich interessiert es uns«, knurrte er.

»Wirklich?«

»Das weißt du doch.« Er schaute Rowan an. »Setzen Sie ihm das alles in den Kopf?«

»Wir haben ihm gegeben, was Sie nie konnten«, sagte sie. »Wir sind jetzt seine Familie.«

»Unsinn.« Ruhiger wandte er sich an Mick. »Komm nach Hause. Der Jahrmarkt ist vorbei. Ich weiß, dass ich zu viel zu tun hatte. Sandy hatte Anna, aber für dich war keiner da.«

»Darum geht es nicht.« Mick schaute weg, als wäre er aus der Fassung gebracht worden.

»Doch. Wenigstens zum Teil.«

»Nein!« Mick ging auf das Pferd zu.

Schnell sagte Alex: »Ich verstehe dich.«

Misstrauisch fuhr Mick herum. »Sie! Ich kenne Sie noch nicht einmal.«

»Ich kenne dich. Und ich kenne sie.« Er sah Rowan an, sie lächelte ihm zu.

»Früher hast du mich einmal gekannt, Alex.«

»Vielleicht.« Er trat vor und nahm Mick den Flötenkasten ab. »Diese Musik«, sagte er rau, »die geben sie dir nicht. Sie ist in dir; sie lassen sie dich nur finden. Und mach nicht den gleichen Fehler wie ich, glaub nicht, dass sie dir die Musik nehmen können, denn das ist unmöglich. Das habe ich festgestellt.«

Wütend glitt Rowan vom Pferd. »Hör nicht auf ihn, Mick. Du gehörst zu uns.«
Mick sah verunsichert aus. Alex schaute rasch Mr Carter an, der murmelte: »Ich sehe ein, dass ich Unrecht hatte. Ich dachte, das alles würde vorbeigehen, es wäre nur eine Phase. Aber wenn es dir so viel bedeutet, können wir die Dinge regeln.«
Mick starrte seinen Vater verwirrt an. »Die Dinge?«
Mr Carter zuckte die Achseln, es war eine kleine, unglückliche Geste. »Unterricht. College. Was auch immer.« Er sah Alex an, dann wieder seinen Sohn. »Ich hatte Pläne, als ich jünger war. Die Ereignisse haben sie überrollt. Das soll dir nicht passieren, dafür will ich sorgen.«
Rowan beobachtete Mick. »Wir sollten gehen.«
Einen Augenblick stand er still; dann wandte er sich ab. Sein Vater packte ihn. »Ich lasse dich nicht gehen!«
»Nein!« Mick wich zurück.
»Halten Sie ihn!« Alex ließ Rowan nicht aus den Augen. »Was immer er macht, was immer er sagt, halten Sie ihn fest!«
Eisig sah Rowan ihn an. »Er gehört mir«, zischte sie.
Mick wehrte sich heftig. »Lass mich gehen! Ich will nicht bleiben! Ich hasse Anna und ich hasse Sandy. Warum hast du sie herbringen müssen?«
»Du hasst sie nicht«, murmelte sein Vater.
»Doch! Wir verstehen einander nicht mehr, jedes Vertrauen ist weg! Ich bin dir ganz egal!«
Er war ein anderer, ein verbitterter, gefühlloser Mensch, und während Katie ihn entsetzt beobachtete, glaubte sie fast zu sehen, wie er sich in etwas Scheußliches, Unmenschliches mit Schuppen und Klauen verwandelte, während ein Blitz eine sengende Flamme auslöste.

»Er gehört mir!«, fauchte Rowan, doch Katie hatte ihn jetzt auch gepackt und sein Vater fasste ihn um die Schultern und hielt ihn fest. »Du gehst nicht!«, rief er immer wieder. »Du gehst nicht!«

Mick schluchzte. »Ich hasse dich!«, stieß er hervor, doch es klang schwach, und sein Vater sagte mit erstickter Stimme: »Das ist nicht wahr, Mick«, und danach war es still bis auf Micks Keuchen, und Katie sah, wie er den Arm seines Vater umklammerte, während der Flötenkasten unbeachtet im Gras lag.

Rowan war bleich, sie zitterte vor Wut. Über Micks Kopf hinweg schaute sie Mr Carter aus zusammengekniffenen Augen an.

»Damit ist die Sache noch nicht erledigt. Sie haben ihn völlig fertig gemacht!«

Mick schaute auf.

Und da schob ihm Alex die kleine, funkelnde Scheibe zwischen die Finger.

»Lass dir davon helfen«, flüsterte er.

Mick fröstelte. Sein Gesicht wurde blass im Mondlicht, und als er sich Rowan zuwandte, schauderte er und schrie auf. Erschrocken packte ihn Katie erneut, doch er achtete nicht darauf, während er ungläubig die Frau anstarrte.

»Was ist los? Was sieht er?«, murmelte Katie.

»Lass ihn.« Alex klang grob, fast grausam. »Er sieht die Wahrheit.«

Katie war froh, dass sie nicht das Gleiche sehen konnte. Mick schien es übel zu werden; er taumelte gegen seinen Vater, der den Arm um ihn legte und ihn hielt.

Alex beobachtete ihn. »Du kannst ihnen nie trauen«, sagte er bitter. »Alles, was du siehst, ist Täuschung. Du weißt noch nicht einmal, was sie fühlen, Liebe ist es auf keinen Fall.« Er schaute Rowan an und sie zuckte die Achseln.

»Manchmal«, flüsterte er, »bin ich nicht sicher, ob sie überhaupt existieren.«

Rowan wiederholte ihre Geste. »Wir existieren.« Und Mick fragte sie: »Nicht wahr?«

Mick war verstört. Er hatte das sonderbare Gefühl, wieder zu sich zu kommen nach einem langen Fieber, und hier draußen hatte es begonnen, im Sommerhaus, mit einem Geräusch, einem bezaubernden Klang. Ihm war, als hätte er seither in einem Zauberschlaf genau an dieser Stelle verharrt und gehorcht. Rowan war jetzt eine Fremde für ihn. Diese Frau mit den grünen, spöttischen Augen hatte er nie wirklich gekannt.

Kalt vor Wut fuhr Rowan herum und ergriff die silbernen Zügel; das Pferd wich zurück.

»Tu, was du willst, Mick. Solltest du je rufen, komme ich vielleicht wieder. Aber dein Leben lang, in all den Jahren und Monaten, in Krankheit und Leid wirst du meinen Zweig hören. Selbst als alter Mann wirst du ihn hören. Und dann wirst du dich nach mir sehnen. Weil wir nicht alt werden.«

Er wollte das nicht hören. Zu seinem Vater sagte er: »Es tut mir Leid. Es tut mir wirklich Leid.«

»Nicht dir, Mick. Mir.« Mr Carter wandte sich an Rowan. »Alt werden ist nicht so schlimm, wenn man Menschen um sich hat, die einen lieben.«

Sie nickte ernst. »Das ist eine Lüge. Ich habe sie schon öfter gehört.«

Das Pferd umkreiste sie, Rowans Kleid raschelte auf seinem Rücken, ihr kurz geschnittenes Haar war dunkel. Die winzigen Monde funkelten an ihren Ohren. »Du wirst es nicht vergessen, Mick. Frag ihn.«

Sie richtete die grünen Augen auf Alex. Reglos und schweigend beobachtete er sie. Eine Sekunde lang trafen sich ihre Blicke. Sie nickte, als würde sie ihn verstehen. Dann wandte sie das Pferd um.

Anmutig schritt es über das Gras zum Ufer. Und dann ging es mit klirrendem Geschirr hinaus auf den gekräuselten See, über die kleinen Wellen in einen kühlen Nebel, der aufgestiegen war. Immer tiefer ging das Pferd hinein, bis es ein Schatten, ein graues Gespenst war, dann war es verschwunden und Rowan hatte kein einziges Mal zurückgeschaut.

Sie standen da und horchten, wie das Seewasser in kleinen Wellen an ihre Füße schlug.

Als sie über den Rasen zurückgingen, sagte keiner viel. Schwach grollte Donner über die Kornfelder. Mick ging neben seinem Vater; Katie folgte mit Alex. Als sie an der Statue vorbeikamen, schaute sie zu Apollo auf. Matt lächelte der junge Gott im Mondlicht.

Auch Mick gelang ein Lächeln. »Danke, Katie.«

Sie schob sich die orange Strähne aus dem Gesicht. »Ich habe nicht viel getan. Alex war es.«

Er und Mick sahen einander an. Plötzlich stieß Mick hervor: »Es stimmt, nicht wahr? Dass mir die Musik nicht genommen wird? Ich werde nicht glauben, nie mehr so gut zu spielen wie zuvor?«

Alex schwieg. Als er dann antwortete, war seine Stimme fest.

»Es stimmt.« Er berührte die Scheibe in Micks Hand. »Behalte das. Für den Fall, dass du glaubst, du hättest von ihr geträumt.«

Plötzlich fuhr vor ihnen die Haupttür von Stokesey mit lautem Krach auf; ein breiter Lichtstreifen fiel heraus und blendete sie, dann sahen sie Sandy oben auf der Treppe warten. »Hier seid ihr also!«, sagte sie. »Ist es vorbei? Gehen wir zu diesem Konzert?«

Micks Vater grinste. »Ich glaube schon. Es ist Zeit, dass ich meinen Sohn spielen höre.«

Er ging die Treppe hinauf zu ihr. Mick starrte seinen Rücken an, dann wandte er sich bleich wie ein Gespenst an Katie.

»Hat er das wirklich gesagt?«

Sie lächelte. »Ja. Ich habe es auch gehört.«

»Sehen wir uns später?«

»Oh ja«, sagte sie eifrig. »Ich will alles über diese Sache hören. Und ich habe dir auch einiges zu erzählen.«

Er schaute zurück über den See. »Ich nehme an, ich sollte froh sein. Aber ich komme mir nur ... leer vor.«

Das verstand sie. Irgendwie empfand sie das Gleiche.

Aber dann schob Alex ihm den Flötenkasten in die Hand und Mick öffnete ihn fast scheu.

Im Mondlicht schimmerten die silbernen Flötenteile warm und glatt.

Alex begleitete Katie zum Jahrmarktfeld. »Morgen bin ich fort«, sagte er leise am Tor.

Katie nickte. »Sehen wir uns in Schottland? In Glastonbury? Du solltest jetzt für ein paar Engagements sorgen.«

Er schaute zu Boden und fuhr sich mit der Hand über das glatte Haar. »Ich bin immer in deiner Schuld, Katie, weil du mich an jenem Abend dazu gebracht hast zu spielen. Das vergesse ich dir nie.«

Verlegen tat sie es mit einem Lachen ab. Musik ertönte aus dem Hauptzelt, ein warmer, fröhlicher Reel.

»Leb wohl, Katie«, murmelte er.
Sie schaute ihm nach, wie er in die Dämmerung ging; dann machte sie sich auf den Weg zum Wohnwagen. Vom magischen Kreis zog Rauch herüber, es roch nach gebratener Wurst. Das Ritual war weitergegangen; morgen würde auf allen Feldern von Stokesey das Korn geschnitten.
Katie wusste später nie, warum sie sich so plötzlich umgedreht hatte.
Alex war jetzt nur noch ein Schatten zwischen den verschlossenen Ständen. Mit hämmerndem Herzen lief sie ihm nach, wobei sie hinter den Segeltuchplanen und dem geschlossenen Eiswagen in Deckung blieb.
Er ging über den Jahrmarkt. Niemand war unterwegs. Niemand sah sie. Doch unter den Bäumen bewegte sich etwas, ein so unirdischer Klang ertönte, dass Katie eine Gänsehaut bekam und stehen blieb. Sie duckte sich und umklammerte die Zeltstange eines leeren Stands.
Das große weiße Pferd wartete. Die Frau auf seinem Rücken war Rowan und es war doch nicht sie, eine Frau mit wilden schwarzen Locken, an ihrem Hals schimmerte ein breiter goldener Reif wie eine Mondsichel. In einer Hand hielt sie einen silbernen Zweig; die andere streckte sie Alex entgegen. Er sprang auf eine Bank und schwang sich hinter ihr auf das Pferd, das ruhelos kreiste.
Sie sprachen miteinander, aber Katie war zu weit entfernt, um sie zu verstehen. Die Frau fuhr ihm übers Haar und er lachte, es klang leise und sehr erleichtert.
Dann wendeten sie das Pferd und ritten in den Wald, der Hufschlag wurde vom Laub gedämpft.

Katie wusste nicht, wie lange sie da kauerte. Sie wusste nur, dass es dunkel war, dass aus der Ferne Reels und Applaus herüberklangen, dass ihre Augen nass waren und ihre Finger raue Splitter von der Stange kratzten.
Hinter ihr zog der Rauch der Lammasfeuer übers Feld.